FOLIO
JUNIOR

Sophie Humann

Infirmière pendant la Première Guerre mondiale

Journal de Geneviève Darfeuil
Houlgate – Paris
juillet 1914-novembre 1918

GALLIMARD JEUNESSE

Samedi 18 juillet 1914

Je m'ennuie. Je m'ennuie. Je m'ennuie.

Voilà, je l'ai écrit trois fois. Cela va mieux.

Je commence un journal sur ce cahier que maman m'a acheté hier. Dans ma classe, au cours Fleuriot, la plupart des filles en tiennent un. Blanche elle-même s'y est mise, cet hiver. J'ai toujours trouvé ridicule, moi, de confier ainsi ses pensées et ses secrets à un carnet... Mais il faut bien que je m'occupe. Je ne peux quand même pas lire et broder toute la journée ! Quand je pense que je vais rester un mois comme cela, le pied bandé, sans pouvoir marcher, alors que les vacances commencent à peine ! J'ai envie de pleurer, tiens. Pas de bains de mer, pas de pêche aux équilles, pas de tennis au Sporting Club, rien que cette chaise longue en rotin dans un coin du jardin...

C'est quand même une malchance incroyable. Nous sommes arrivés à Houlgate mercredi. Nous, c'est-à-dire Rose, notre bonne, Marie-Louise, la cuisinière, ma mère, Jules, mon petit frère de onze ans, et moi, Geneviève, qui en ai treize. Jeudi après-midi, je vais jouer au tennis pour la première fois au Sporting Club, je cours pour rattraper la balle d'Hubert Dugars… et je me fais une entorse. Et cette Berthe qui m'a regardée avec son petit sourire supérieur.

Je l'aurais giflée, malgré la douleur.

Elle est mon contraire, et elle le sait. Grande et forte, alors que je suis plutôt menue ; ses cheveux sont blonds et très épais. Les miens, châtains, sont si pauvres que je ne peux pas les relever en chignon. Ses lèvres sont charnues, les miennes sont trop plates. Elle a des yeux très larges, bordés de beaux cils noirs. Les miens sont un peu étroits, mais ils sont du même bleu de myosotis que mon père, ça j'en suis fière. Et au tennis, je suis beaucoup plus souple qu'elle et je cours plus vite.

Heureusement, papa et André arrivent ce soir. Le service de chirurgie de l'Hôtel-Dieu a bien voulu accorder quelques jours de vacances au professeur Eugène Darfeuil et mon frère aîné a enfin terminé ses examens de droit. Seul Henri reste à Paris. Il veut devenir chirurgien, comme mon père. Après son bachot, il a déjà fait une première année d'études à la faculté de médecine et travaille dans le service de mon père, à l'Hôtel-Dieu, tout le mois de juillet. Il nous rejoindra début août. J'ai hâte qu'Henri arrive. Il est si drôle. Lorsqu'il est là, nous nous déguisons et maman m'autorise parfois à sortir le soir devant le Casino.

Mon pied me lance et je ne parviens pas à trouver la bonne position pour écrire, dans cette chaise longue. Il fait bon à l'ombre, pourtant. Je sens l'odeur des roses et celle du buis chauffé au soleil. Parfois l'hiver, à Paris, je joue à fermer les yeux et à laisser le jardin défiler derrière mes paupières. Je commence par le grand marronnier, près de la maison, sous lequel je suis en ce moment, puis je vois les buis du petit jardin à la française dont papa est si fier et qu'il taille lui-même, les allées de gravier qui descendent de chaque côté de la pelouse – cette pelouse où, petite, je roulais avec mes frères, à la fureur de Rose. Au fond, derrière le banc de pierre, je vois la glycine qui court sur le mur de l'écurie, les tilleuls qui gardent la porte d'entrée, ces deux mots, « chalet Neptune », gravés en lettres majuscules sur l'un des piliers. D'autres fois, j'essaie de retrouver chaque détail de la frise au bord du toit, jusqu'à en éprouver du vertige. Mon grand-père a fait construire le chalet, il y a trente ans, et mon père a ajouté les dentelles de bois et le balcon pour égayer les murs de brique.

J'ai vraiment mal à la cheville. Je vais appeler Rose pour qu'elle m'aide à monter dans ma chambre et je vais essayer de faire une sieste.

Dimanche 19 juillet 1914
Papa et André sont arrivés très tard hier, car la Renault est tombée en panne sur la route juste avant

Branville. Heureusement, mon père garde toujours une corde, au cas où. Un fermier complaisant a attelé son cheval à l'automobile et la bête a remorqué la Renault jusqu'à notre écurie. Un mécanicien doit passer la voir aujourd'hui.

Papa a regardé ma cheville ce matin et il m'a promis que je pourrais marcher dans trois semaines si j'étais raisonnable. Dès que la Renault sera réparée, il va me conduire à Auberville, chez Alphonsine, ma nourrice. Lorsque ma mère m'attendait, elle s'était installée à Houlgate tout l'automne. Alphonsine, qui habite une ferme à trois kilomètres d'ici, venait d'avoir un bébé et elle m'a nourrie en même temps que sa fille Germaine. Chaque été, nous retournons les voir toutes les deux. Germaine me montre ses animaux : des poules, des vaches, des lapins que je peux caresser. Son frère Jacques est un taiseux, mais il sait tailler des bateaux dans une branche de chêne. Alphonsine nous donne du lait, des tartines avec de la gelée de pomme, et même du cidre. L'année dernière, Jules s'en était resservi sans rien dire et après il a été malade. Depuis la mort du père, l'an dernier, Jacques a repris la ferme.

Mardi 21 juillet 1914
Mon entorse me fait un peu moins souffrir, mais je trouve mon père étrange. Il n'a toujours pas fixé de jour pour la promenade chez Alphonsine, pourtant

son automobile était réparée dès ce matin. Il a l'air préoccupé et après le dîner, au salon, il parle pendant des heures avec André. Maman m'a expliqué qu'un archiduc autrichien a été assassiné il y a trois semaines par un Serbe. Depuis, les Autrichiens ne parlent que de vengeance et veulent déclarer la guerre à la Serbie. Je ne comprends pas en quoi cela nous concerne mais j'ai entendu papa dire que si les Allemands voulaient détruire la civilisation française, on la défendrait !

Jeudi 23 juillet 1914

J'ai reçu une lettre de Blanche qui est chez ses grands-parents près de Compiègne. Eux aussi ne parlent que de guerre depuis quelques jours.

Jules est exaspérant. Depuis qu'il a assisté au décollage de l'aviateur Roland Garros, ici, il y a deux ans, il ne rêve que d'avions. Il en a fabriqué un en bois et court dans tout le jardin en faisant des bruits de moteur.

Cet après-midi, je m'ennuyais tellement que j'ai compté les grains de beauté de mon bras. J'en ai huit. Voilà à quoi j'en suis réduite. Heureusement, samedi, mes parents m'emmènent à une garden-party chez les Dubonnet. André est allé jouer au tennis au Sporting Club. Il paraît qu'il y a plein de nouveaux joueurs cette année, dont deux princes russes, fort amusants.

Dimanche 26 juillet 1914

André, qui est très adroit de ses mains, m'a fabriqué des béquilles avec deux manches à balai : il les a sciés à ma hauteur, a creusé dans chacun une encoche où il a vissé un tasseau de bois pour me servir de poignée… Je peux maintenant me déplacer toute seule dans la maison en sautant à cloche-pied : quel progrès ! Hier, nous sommes allés chez les Dubonnet, comme prévu. J'avais mis ma nouvelle robe de mousseline blanche que la couturière m'a cousue au printemps. Des coussins avaient été installés sur la balancelle pour que je puisse y étendre ma jambe, et tout le monde venait me voir à tour de rôle pour me proposer une orangeade, me demander si j'avais mal, me faire la conversation. J'étais un peu gênée. J'aurais préféré qu'on s'occupe un peu moins de moi. Heureusement, quelqu'un a commencé à parler du glissement de terrain sur la côte de Caumont et de l'effondrement de la villa des Deschanel. Cela a détourné l'attention de moi. Hubert Dugars et Jules ont traîné une table de jardin et deux chaises tout près de la balancelle et nous avons joué au Nain jaune, jusqu'au moment où Berthe et sa famille sont arrivées. Nous nous sommes interrompus pour les saluer. J'ai dû encore une fois raconter comment je m'étais fait mon entorse. Puis Berthe a décrété qu'elle n'avait plus l'âge des jeux de société, et elle a entraîné Hubert et Jules dans une partie de volant. Je suis restée toute seule sur ma balancelle, c'est ce qu'elle souhaitait. Elle faisait exprès de rire fort devant Hubert et de manquer le volant pour qu'il aille le ramasser. Berthe était insupportable et Hubert ridicule. J'étais exaspérée. Cela devait se voir sur ma figure, car André est venu me proposer de finir la partie de Nain jaune commencée avec les autres.

Mercredi 29 juillet 1914

Ça y est. L'Autriche-Hongrie a déclaré la guerre à la Serbie hier. Mes parents en ont parlé pendant tout le déjeuner. J'espère que la guerre n'arrivera pas chez nous. Rose m'a dit que tous ces pays étaient très loin de la France. Après le café, tout à coup, papa a décrété :

– Allez, Geneviève, depuis le temps que je te promets d'aller chez Alphonsine, cette fois, on y va ! Prends tes béquilles, je fais préparer la Renault.

En entendant l'automobile, Alphonsine a couru à notre rencontre. Elle m'a serrée contre elle et m'a apporté une énorme portion de teurgoule qui avait cuit toute la nuit dans le four du boulanger d'Auberville. Le riz roulait sous la langue, la crème fondait et la petite croûte de lait par-dessus était juste assez craquante. Je me suis régalée.

– Ça va te consolider le pied, a décrété ma nourrice, et t'enlever ton teint gris de Parisienne.

Papa a souri parce que Alphonsine trouve toujours moyen de dire du mal de Paris. Germaine nous a rejoints lorsqu'elle a eu fini la traite, et moi mon goûter. Elle avait justement une nouvelle portée de lapins de deux jours. Grâce aux béquilles d'André, j'ai pu marcher tant bien que mal jusqu'aux clapiers pour les caresser. Germaine m'en a mis un dans les bras. Il était chaud et doux. Mais elle m'a prévenue :

– Ne le garde pas trop longtemps parce qu'il risquerait de s'imprégner de ton odeur. Sa mère pourrait ne pas le reconnaître et refuser de le nourrir.

J'ai vite remis le lapereau dans le clapier avec ses frères.

Quand nous sommes repartis, papa et moi, j'ai regardé en arrière le plus longtemps possible et, lorsque la Renault a tourné au coin de la route et que j'ai cessé de voir la maison d'Alphonsine, avec son toit de chaume bien entretenu, je me suis sentie triste, brutalement. Je ne sais pas ce qui m'a pris. J'avais du mal à respirer. C'était comme si je venais de quitter pour toujours ces deux femmes, ce champ de pommiers, cette maison où je n'ai que d'heureux souvenirs. Papa s'est aperçu de mon malaise. Il m'a demandé si j'avais la nausée à cause des tournants. Je lui ai expliqué ce qui m'arrivait. Il a ri :

– C'est la fatigue, ma chérie, rassure-toi. Tu manques de sommeil à cause de cette douleur qui t'a réveillée pendant plusieurs nuits de suite. Tu vas faire une sieste en rentrant, après, cela ira mieux. Et dès la semaine prochaine, si tu veux, nous retournerons chez Alphonsine. Tu verras, rien n'aura changé.

Il avait raison. Je me suis reposée sur mon lit. J'ai lu *La Semaine de Suzette*, et mon impression désagréable est passée.

Samedi 1ᵉʳ août 1914

Avant-hier, la Russie a décrété la mobilisation générale pour soutenir les Serbes. Cela veut dire que tous les hommes russes en âge de se battre doivent rejoindre leurs casernes. À Paris, Jean Jaurès a été assassiné. D'après mon père, cet homme avait multiplié les discours pour essayer de convaincre le gouvernement de ne pas se lancer dans la guerre.

– Il était notre dernier garde-fou, a dit papa.

Samedi 1ᵉʳ août 1914, neuf heures du soir

Ça y est, c'est notre tour ! Tout à l'heure, les cloches de l'église ont sonné le tocsin. Tout le monde est resté figé, puis nous avons entendu les roulements de tambour du garde champêtre. André s'est précipité place de la mairie, suivi de Jules que maman n'a pas réussi à retenir. Jules a appris par cœur l'ordre de mobilisation générale, collé sur le mur de la mairie :

Par décret du président de la République, la mobilisation des armées de terre et de mer est ordonnée, ainsi que la réquisition des animaux, voitures et harnais nécessaires au complément de ces armées. Le premier jour de la mobilisation est le dimanche 2 août.

Nous nous sommes tous rassemblés dans le salon. Maman s'est assise.

– La mobilisation, ce n'est pas la guerre, lui a affirmé papa doucement.

Mais il ne croyait pas ce qu'il disait. Je l'ai bien compris.

Il part pour Paris très tôt demain en automobile avec André, avant que les routes ne soient interdites aux civils. Ils vont retrouver Henri. Mes frères devront rejoindre leurs régiments dans les prochains jours. Henri est dans les plus jeunes de la classe 13. À quelques jours près, il ne serait pas parti. André, lui, va demander à passer officier le plus vite possible.

Mon père ne part pas. Il est juste au-dessus de la limite d'âge.

Lundi 3 août 1914
La Russie a déclaré la guerre à l'Autriche. L'Allemagne a déclaré la guerre à la Russie.

Mardi 4 août 1914
L'Allemagne a déclaré la guerre à la France hier. Maman avait envoyé Jules aux nouvelles. Il y avait tellement de monde devant la mairie qu'il a dû se faufiler entre les gens pour parvenir à lire le communiqué. Lorsqu'il a crié la nouvelle à maman, elle est devenue très pâle. Jules, Rose et moi, nous n'osions

pas parler. Il faisait chaud et les roses sentaient particulièrement fort. Enfin, maman nous a souri gravement et elle a juste dit :

– La France doit se défendre, vos frères vont faire leur devoir.

J'avais envie de pleurer mais je me suis retenue, je dois être aussi courageuse qu'elle.

Mercredi 5 août 1914
Hier, les Allemands ont envahi la Belgique.

Jeudi 6 août 1914
Nous avons reçu une lettre de papa ce matin. André a rejoint son régiment hier, et Henri part demain comme brancardier au 56e régiment d'infanterie, en Lorraine. Mon père, lui, est retourné à l'Hôtel-Dieu où son service se prépare à accueillir les blessés, mais il écrit qu'à Paris tout le monde pense que la guerre sera courte. En quelques semaines, trois mois peut-être, nous devrions avoir récupéré l'Alsace et la Lorraine et écrasé les Boches, comme dit Jules. André et Henri seront certainement avec nous à Noël.

La Renault a été réquisitionnée. Papa l'a conduite aux Invalides où des dizaines d'automobiles s'entassaient jusqu'à la Seine. Il paraît que les bus ne circulent plus non plus. Les gens se serrent dans les tramways. Ils sont très calmes et font de longues queues devant les magasins pour acheter des provisions d'avance. Les rayons des épiceries Félix Potin sont vides. Beaucoup de commerces sont fermés et ceux dont le nom a l'air allemand se sont dépêchés de mettre des drapeaux bleu, blanc, rouge dans leur vitrine de peur des représailles. Les laiteries Maggi et le magasin de cristallerie de Karlsbad, boulevard des Italiens, ont déjà été dévalisés. Papa est aussi passé devant la Banque de France, qui était prise d'assaut parce que les gens craignent la pénurie de billets. Les Grands Boulevards sont pleins de soldats qui vont tous rejoindre les gares du Nord et de l'Est. Les Parisiens sortent sur le pas de leur porte pour les applaudir.

Dimanche 9 août 1914

Je marche de mieux en mieux et, ce matin, j'ai pu aller à la messe avec mes béquilles. Il y avait foule. Le curé a laissé les portes de l'église ouvertes pour que les fidèles massés dehors puissent entendre son sermon. Il a dit que les enfants doivent être à la hauteur du sacrifice des soldats. Hier, nos troupes sont entrées dans Mulhouse, en Alsace. La France attend ce moment depuis si longtemps, depuis que les Allemands nous ont pris toute cette région ! Tout le monde ne parlait que de cela sur le parvis. En rentrant à la maison, j'ai demandé le journal à maman et j'ai lu la déclaration du général Joffre, qui dirige notre armée. Voici ce qu'il a dit aux Alsaciens :

Enfants de l'Alsace,

Après quarante-quatre années d'une douloureuse attente, des soldats français foulent à nouveau le sol de votre noble pays. Ils sont les premiers ouvriers de la grande œuvre de la revanche ! Pour eux quelle émotion et quelle fierté ! Pour parfaire cette œuvre, ils ont fait le sacrifice de leur vie. La nation française unanimement les pousse, et dans les plis de leurs drapeaux sont inscrits les noms magiques du droit et de la liberté. Vive l'Alsace ! Vive la France !

Je trouve ces mots très beaux.

Vendredi 14 août 1914

L'horrible Berthe sort du chalet. Elle a accompagné sa mère qui venait dire au revoir à la mienne. M. Beuchot, magistrat à Bordeaux, trop occupé pour trouver le temps de venir à Houlgate, d'habitude, est monté lui-même en automobile chercher sa femme et sa fille. Berthe m'a tendu la main et m'a dit avec ce ton supérieur qu'elle prend toujours quand elle me parle :

– De toutes les façons, je n'ai plus rien à faire ici. Le tennis club est fermé !

Qu'elle parte. Bon débarras !

Dimanche 16 août 1914

Hier, j'ai suivi toute la procession à la Vierge sans béquilles et cet après-midi, enfin, je suis allée marcher doucement avec Rose et Jules jusqu'à la plage. Il faisait vraiment beau et pas trop chaud à cause du vent. La mer était presque haute, un peu verte par endroits, avec des vagues bruyantes, comme je les aime. Enfin, je la voyais de près, pour la première fois de l'été. Je me suis sentie heureuse, j'aurais couru jusqu'à l'eau, comme Jules, si Rose et mon pied me l'avaient autorisé. Quand nous sommes arrivés devant le Casino, je me suis demandé pourquoi il y avait si peu d'enfants sur le sable. Et tout à coup, je me suis souvenue. Comment avais-je pu oublier, même un instant, que c'est la guerre ! J'ai pensé à Henri et à André, dont nous sommes sans nouvelles, et j'ai eu honte. Heureusement, Jules a aperçu, de loin, des garçons qu'il connaît. Ils étaient dans les rochers, au bout de la plage, vers les Vaches Noires, en train de traquer des crabes. Il a supplié Rose de le laisser les rejoindre. Elle ne voulait pas parce qu'il n'avait pas de costume de bain. Mais il ne l'a pas écoutée, il a enlevé ses souliers, retourné sa culotte et a filé vers les rochers. Rose lui criait de revenir, que maman allait être fâchée, que son paletot serait fichu, etc.

J'ai été obligée de la calmer. Cela m'a changé les idées.

Mercredi 19 août 1914

Des amies de ma mère sont venues prendre le thé cet après-midi. Deux sœurs, mariées à deux frères, pharmaciens à Versailles. Herminie et Roberte Courtabelle. Il n'existe pas dans tout Houlgate de femmes plus bavardes qu'elles. D'habitude, maman les évite le plus possible… Papa la taquine avec cela, insinuant qu'elle manque de charité, et ma pauvre mère se défend, prétextant le contraire. Mais ces femmes l'agacent, je le sens bien. Avec la guerre, la plupart des familles sont parties et maman s'est crue obligée de les inviter. Je suis restée dans le jardin pour servir le thé sous le marronnier, mais, au bout d'une demi-heure, je n'en pouvais plus. Elles nous ont assommées de nouvelles. Elles disaient qu'une grande bataille va avoir lieu en Belgique et que les Allemands répandent partout de fausses rumeurs, que le général von Emmich a été battu par nos troupes à Liège et qu'il s'est suicidé. Elles assurent même que le Kronprinz, le prince impérial allemand, a été cruellement blessé dans la région. Papa nous a bien recommandé dans sa dernière lettre de ne pas trop faire attention à toutes les nouvelles qui circulent. La plupart sont complètement fausses. Herminie Courtabelle a raconté que les Allemands torturent tous les Français dans les territoires qu'ils ont envahis. Elle dit qu'ils brutalisent les femmes, ont coupé la main d'un petit garçon qui agitait un drapeau français et fracassé la tête de son frère par terre. Quelle horreur ! Si c'est vrai, ce sont vraiment des monstres.

Heureusement, tout à coup, Germaine a sonné à la grille du jardin. Elle avait à faire en ville et sa mère l'avait autorisée à marcher jusqu'au chalet pour prendre de nos nouvelles. Elle nous a apporté un pot de confiture de mûres et de la crème. J'en ai profité pour échapper aux deux pies, comme les appelle Jules, et je me suis glissée avec elle dans la cuisine. Cela n'a pas l'air d'aller fort, là-bas. Jacques est parti il y a quinze jours au 36e régiment d'infanterie de Caen. Il devait aller rejoindre d'autres régiments normands à Rouen, mais Alphonsine et Germaine n'ont aucune nouvelle, elles non plus. Toutes les bêtes ont été réquisitionnées, sauf une vache qui a une boiterie, mais qui, heureusement, donne quand même du lait. Il n'y a plus ni cheval, ni homme dans le hameau, à part le père Sanrefut, qui a dépassé soixante-dix ans !

— Je suis descendue aujourd'hui, car après, je n'aurai plus le temps, m'a avoué Germaine. Il faut commencer la moisson.

— Mais tu ne vas quand même pas moissonner toute seule avec ta mère ! me suis-je exclamée.

— Nous n'avons guère le choix ! a répondu Germaine. Les blés sont hauts et mûrs, et il fait beau. Si on attend qu'il pleuve, on perd tout notre champ. Le matin, je vais couper, et ma mère liera, puis, l'après-midi, on changera. Cela usera moins.

— Et tes lapins, comment vont-ils ? ai-je demandé tout à coup.

Germaine a rougi, gênée.

— Il n'en reste plus que deux. On a donné les autres au père Sanrefut et à la mère Grimaud qui a cinq enfants et un mari parti, comme les autres. Moi, tu comprends, a-t-elle ajouté, comme pour s'excuser de sa générosité, je n'aurais pas pu les manger.

Pendant tout le dîner, j'ai pensé à Alphonsine et à Germaine. Comment vont-elles faire ? Et si on leur envoyait Jules et un ou deux de ses amis pour les aider ? Cela les occuperait et ils abattraient du travail. Mais voilà, maman va-t-elle accepter que son fils aille faire la moisson ? Je n'en suis pas sûre. Dès le petit déjeuner, j'en parle à Jules. À nous deux, nous arriverons bien à la convaincre. Je pourrais les rejoindre à midi avec Rose et un panier de nourriture…

Allez, je vais me coucher. J'aurai besoin de mes forces demain.

Jeudi 20 août 1914

Le Casino, l'hôtel du Casino et le Grand Hôtel ont été réquisitionnés. Ce sont les hôpitaux 23 et 24 du 3e corps d'armée. Les premiers trains de blessés ont commencé à arriver à la gare. Du chalet, j'entends les locomotives souffler et les freins hurler dans la descente de la côte de Villers.

Vendredi 21 août 1914

Je suis épuisée, et j'ai l'impression que ma cheville est à nouveau enflée. Demain, il faudra que je reste tranquille. Mais quelle bonne journée nous avons passée ! Jules a été tout de suite enchanté à l'idée d'aider Alphonsine et Germaine à moissonner. Maman a essayé de résister un peu sous prétexte que les champs n'étaient pas la place d'un jeune garçon bien élevé, mais, sous les assauts répétés de Jules, elle s'est vite laissé convaincre. Ce matin, dès six heures, Jules et son ami Rémi qui habite la villa Capricorne, juste à côté du chalet, sont allés chez Alphonsine. Rose avait équipé chacun d'un pantalon et d'une chemise empruntés à Norbert, l'ancien jardinier, dont elle avait coupé le bas des jambes et des manches. Ils avaient tout de même une allure assez comique tous les deux. Vers onze heures, Rose et moi sommes parties les retrouver avec un panier garni de tranches de jambon, d'un quart de miche de pain, de madeleines et d'un pot de confiture de prunes du jardin que Marie-Louise a faite samedi. J'ai un peu traîné la jambe dans le bois de Boulogne mais nous avons fini par arriver dans le champ d'Alphonsine. La tête de Jules disparaissait sous un chapeau de Jacques, trop grand pour lui, et Rémi, qui avait abandonné son canotier, était rouge et trempé de sueur… Tous deux bavardaient et liaient les bottes que les deux femmes avaient coupées.

– Quelle bonne surprise, mademoiselle Geneviève, s'est écriée Alphonsine. Quand j'ai vu arriver les deux gars ce matin, je me suis dit : « C'est le bon Dieu qui me les envoie ! » C'est qu'ils en abattent du travail.

Nous avons déjeuné tous les six sur l'herbe. Germaine avait tiré du cidre. Puis j'ai fait une sieste à l'ombre pendant que les autres reprenaient leur labeur. Vers cinq heures, Rose a donné le signal du départ et nous sommes redescendues au chalet avec les deux garçons.

Samedi 22 août 1914

J'ai reçu une lettre de Blanche. Son frère Vincent est parti, lui aussi. Elle rentre à Paris. Les Allemands s'avancent vers Compiègne, paraît-il, et ses parents ont peur. Une lettre d'Henri est arrivée également au courrier. Il est brancardier. Il dit qu'il va bien, mais ne donne aucun détail sur ses journées, ni même sur l'endroit où il est. Nous avons regardé l'enveloppe. Elle ne porte que la mention FM – franchise militaire – et le cachet du régiment. C'est pour protéger nos armées. Jules est allé aux nouvelles à la mairie, comme tous les jours, et a rapporté le journal. Les Allemands sont entrés dans Bruxelles, que le roi des Belges et son gouvernement avaient quitté il y a quelques jours. Ils ont pris aussi des canons français près de Lunéville, en Lorraine.

Vendredi 28 août 1914

Nos troupes ont perdu beaucoup de soldats et les blessés sont envoyés en train dans la France entière maintenant. Les Allemands se battent mieux que prévu. Mais il paraît que les Russes seront à Berlin dans huit semaines. Il faut tenir jusque-là.

Lundi 31 août 1914

L'ennemi est aux portes de Paris. Hier, leurs avions ont envoyé quatre bombes sur la ville : une dame est morte. Ceux qui le peuvent quittent la capitale en train, en charrette, à pied même. Papa ne partira jamais, j'en suis sûre. Il n'abandonnera pas l'hôpital et les blessés. Si les Allemands prennent Paris, que vont-ils faire de lui ? Et Blanche, où est-elle ?

Mais quand Jules va-t-il donc arrêter ce bruit ? Voilà une heure qu'il court dans tout le jardin en jouant à lancer des bombes du haut de son avion et en criant :

– Bang, encore une sur les Boches !

Je ne supporte plus ses hurlements.

Jeudi 3 septembre 1914

Ça y est. On se bat à Compiègne. Heureusement que Blanche n'y est plus.

Vendredi 4 septembre 1914

Le gouvernement a quitté Paris pour Bordeaux avant-hier soir avec les réserves d'or de la Banque de France. Des dizaines de Parisiens épuisés sont arrivés aujourd'hui. De nombreux trains ont été mis en place gare Saint-Lazare à destination de Cherbourg. Ceux qui avaient pu se procurer un permis de circuler les ont pris d'assaut. Les pauvres ! Ils ont mis près de vingt heures pour venir jusqu'ici ou à Trouville. Maman est allée à la mairie pour proposer d'aider à leur trouver de quoi se loger.

Aucune nouvelle ni d'André, ni d'Henri, ni de papa.

Dimanche 6 septembre 1914

Nous avons reçu une lettre d'André, hier. Il va commencer son instruction d'officier. Au moins, pendant quelques semaines, il ne sera pas exposé.

Lundi 7 septembre 1914

Les journaux disent que les Allemands ont reculé vers l'Aisne et qu'ils ont renoncé à attaquer Paris. Mais est-ce vrai ?

Mardi 15 septembre 1914

Enfin, hier, nous avons reçu une longue lettre de papa. Maman commençait à désespérer. Elle est datée du 7 septembre. Elle a donc mis sept jours pour arriver ! Heureusement, il va bien.

Dans les trois premiers jours du mois, écrit-il, j'ai vraiment cru que les Allemands allaient prendre Paris. Leurs aéroplanes, ces maudits Taube, survolaient la ville pour déverser leurs tracts mensongers, prétendant que leurs armées étaient déjà dans la capitale, et conseillant aux Parisiens de se rendre.

En allant à pied à l'hôpital, papa est tombé sur le déménagement des tableaux les plus précieux du musée du Louvre, que les conservateurs avaient emballés à la hâte pour leur faire quitter Paris au plus vite. Il raconte aussi comment le général Gallieni a réquisitionné tous les taxis parisiens avec leurs chauffeurs pour conduire des soldats en renfort à l'est de Paris. Plusieurs centaines d'automobiles se sont rassemblées la nuit devant les Invalides, et ont quitté la ville en longue file… Depuis que le gouvernement est parti pour Bordeaux, c'est le général Gallieni qui gouverne le camp retranché de Paris, explique papa, qui ajoute que les Parisiens lui font confiance. Comme le général trouvait les Invalides trop bruyants, il a installé son état-major à côté, au lycée Victor-Duruy, un lycée de filles ! Il a fait afficher partout dans les rues cette proclamation :

Les membres du gouvernement de la République ont quitté Paris pour donner une impulsion nouvelle à la défense nationale. J'ai reçu le mandat de défendre Paris contre l'envahisseur. Ce mandat, je le remplirai jusqu'au bout.

Papa raconte aussi dans sa lettre que le général Gallieni a donné l'ordre aux hommes de la garnison de Paris de creuser de grandes tranchées derrière les fortifications et de les consolider avec des sacs de sable. Dans la journée, il a envoyé des officiers récu-

pérer dix mille pioches et pelles chez les commerçants
« au nom du gouverneur » !

Les églises sont pleines de gens qui prient sainte
Geneviève, la patronne de Paris. Beaucoup de réfugiés arrivent du nord : il faut les loger. Souvent, ils
viennent avec leurs vaches, qu'ils n'ont pas voulu
abandonner. Le général Gallieni a donné l'ordre de
transformer le bois de Boulogne, les hippodromes
de Longchamp et d'Auteuil en parcs à bestiaux.

Mercredi 16 septembre 1914
Voilà deux fois que j'écris à Blanche. Toujours pas
de réponse...

Jeudi 17 septembre 1914
Cette fois, Paris est sauvé, pour de bon. Il y a
quelques jours, nos 5e et 6e armées ont réussi à ouvrir
une brèche de plusieurs dizaines de kilomètres entre
les Ire et IIe armées du Reich, sur la Marne. Jules est
revenu avec *Le Matin* car il n'y avait plus ni *Le Temps*,
ni *Le Figaro*. Je recopie cette phrase très noble :

*La postérité honorera les admirables soldats qui se sont
joyeusement voués à la mort pour arrêter la retraite française et commencer la défaite allemande.*

Mardi 22 septembre 1914

Les Allemands bombardent sans relâche la cathédrale de Reims où presque tous nos rois ont été sacrés. Maman a pleuré en l'apprenant. Ce n'est pas possible, quels barbares ! Même le pape a adressé un télégramme au Kaiser pour condamner ces actes odieux.

Mercredi 23 septembre 1914

Au courrier, j'avais une lettre de Blanche ! Je n'y croyais plus. Elle va bien mais s'ennuie terriblement. Ses parents ne veulent pas qu'elle sorte à cause des Taube et de la foule qui risquerait de la bousculer dans la rue. Elle m'écrit que le boulevard Malesherbes, près de chez nous, est pris d'assaut chaque matin et chaque soir à l'heure des journaux. Les gens se pressent autour des camelots qui crient tous les titres du jour. Elle a hâte de retourner au cours Fleuriot. La rentrée est reportée au 15 octobre. Ah, comme j'aimerais y être moi aussi ! Mais papa ne voudra jamais qu'on rentre…

Jeudi 1ᵉʳ octobre 1914

Maman a reçu des nouvelles de tante Juliette, sa petite sœur, qui vit à Pau, avec son mari, l'oncle Raymond, et leur bébé d'un an, mon cousin Guy. Oncle Raymond est quelque part dans le Nord. Heureusement, le frère de maman, mon oncle Gaston, professeur de sciences naturelles au lycée de Pau, et célibataire, habite tout près. Il est réformé parce qu'il a eu une primo-infection de la tuberculose. Il est très proche de tante Juliette, surtout depuis que mes grands-parents sont morts, l'un après l'autre, il y a trois ans. Le petit Guy amuse oncle Gaston et, tous les dimanches, il l'emmène se promener en montagne avec tante Juliette que cela distrait. Oncle Gaston est passionné de botanique et il cherche toujours des plantes…

Dimanche 4 octobre 1914
Hier, comme il faisait très doux, Jules a supplié maman de faire une promenade sur la plage. Elle nous y a envoyés avec Rose, mais a refusé de nous accompagner.

— J'ai beaucoup trop de courrier en retard ! a-t-elle prétexté.

Mais je crois plutôt qu'elle ne veut pas risquer de croiser de soldats blessés. Ils lui feraient penser à mes frères. Tous les jours, lorsqu'on entend le pas du facteur dans la rue, elle tressaille.

Devant la façade blanche du Casino, quelques blessés, les plus vaillants, profitaient eux aussi du beau temps et marchaient tout doucement au bras de leur infirmière. L'un d'eux portait son bras gauche enfermé et serré dans un gros bandage ; la manche de sa vareuse pendait, inutile. Son front et ses oreilles disparaissaient eux aussi sous un pansement. Mais, en dessous, son nez, sa moustache blonde m'ont rappelé André. Il a dû sentir que je le regardais car il a tourné la tête vers moi. Il m'a souri. J'étais très gênée d'avoir été surprise ainsi en train de l'observer. Qu'aurait dit maman ?

Lundi 5 octobre 1914

Cette nuit, j'ai fait un rêve désagréable. J'étais dans un chemin plat, loin de toute maison. La poussière avait sali le bas de ma robe. Il faisait très chaud et je n'avais pas d'ombrelle. J'avais envie de partir, mais je ne pouvais pas bouger. J'étais appuyée à une barrière qui fermait un grand champ bordé par un bois. Tout à coup, j'ai vu mon frère Henri qui sortait du bois. Il portait son brassard d'infirmier sur la manche de son uniforme. Il soutenait mon blessé d'hier au bras en écharpe et au front bandé. Ils essayaient de courir mais le soldat n'y parvenait pas. J'ai voulu appeler Henri. En vain. Aucun son ne sortait de ma gorge sèche. Soudain, des soldats ennemis ont surgi dans le champ. J'ai crié, encore une fois, pour rien. Comme si j'étais devenue muette. J'avais peur. Les Allemands se sont figés, ils ont épaulé leurs fusils, ils ont tiré, mon frère et son blessé sont tombés, ensemble. Et puis, j'ai éprouvé la sensation étrange de basculer moi aussi dans une chute sans fin… et je me suis réveillée. J'étais assise dans mon lit, trempée de sueur. Il m'a fallu du temps pour me calmer. J'avais envie d'aller voir maman dans sa chambre. Mais jamais je ne l'aurais fait. Ne dois-je pas être aussi courageuse qu'elle ? Je me raisonnais comme je pouvais : mon blessé devait dormir tranquillement au Grand Hôtel et Henri, Henri, j'espère bien que lui aussi il dormait quelque part avec son régiment. J'avais terriblement soif. Je suis descendue à pas de souris dans la cuisine et j'ai bu un verre d'eau. L'aube était proche, on y voyait presque clair dans le jardin. Cela m'a fait beaucoup de bien. Je suis remontée me coucher et j'ai fini par me rendormir.

Toute la journée, ce rêve m'a poursuivie. J'avais un peu du mal à respirer, et mal au cœur. Je suis restée avec mon ouvrage dans le salon sans bouger tout l'après-midi. Maman et Rose m'ont demandé plusieurs fois si j'étais malade. Je me suis bien gardée de leur raconter mon rêve, mais heureusement que tu es là, mon journal. Quand je pense qu'il y a deux mois encore, je méprisais les filles qui en tenaient un ! Et si Henri mourait ? Et André ? S'ils ne revenaient pas à Noël quand la guerre sera finie ? Mais sera-t-elle bien finie à Noël ? Allez, j'arrête. Je vais lire un peu. Cela m'aidera à dormir. J'espère.

Lundi 12 octobre 1914
Les journaux racontent que les Taube ont lâché une vingtaine de bombes sur Paris. L'une d'elles a touché la cathédrale Notre-Dame… Il y a eu plusieurs morts et une vingtaine de blessés. Pour montrer aux Allemands que leurs bombes ne nous font pas peur,

hier, dimanche, les Parisiens sont sortis en masse se promener sur les boulevards.

Mardi 20 octobre 1914
Ce matin, lettre d'Henri. Il va très bien : il a même joué du théâtre devant des hommes au repos. Mon cauchemar s'éloigne.

Dimanche 25 octobre 1914
Nouvelle lettre de Blanche. La rentrée au cours Fleuriot s'est bien passée. On a des tabliers neufs pour remplacer les noirs. Un bleu et un beige, à porter une semaine sur deux. Ils viennent du Bon Marché. Heureusement, la directrice les avait commandés en juillet avant la guerre. Sinon nous aurions gardé les vieux ! C'est drôle de nous imaginer, Blanche et moi, dans la classe de troisième année. La moitié des élèves seulement sont là. Mlle Vigier fait toujours la physique et la cosmographie. Je suis contente. Mais il y a un nouveau professeur pour la littérature et la morale qui a déjà mis un mot sur le cahier de correspondance de Blanche parce qu'elle ne se tenait pas droite pour écrire. Cela promet ! Heureusement, Mme Fleuriot, la directrice du cours, accueille chaque élève. Je l'aime beaucoup. Elle essaie toujours de comprendre. Moi, je déteste les cours de travaux d'aiguille et j'aime les mathématiques. Elle a dit à mes parents que je devrais

aller étudier au lycée Racine, après mon brevet supérieur. Ils ont ouvert une classe de sixième année pour les jeunes filles qui voulaient se présenter en candidates libres au baccalauréat et Mme Fleuriot pense que je suis capable de l'avoir si je travaille ! Maman trouve que le baccalauréat est bien inutile pour une fille, mais mon père serait fier de moi, il me semble, si je faisais partie des quelque trois cents femmes qui le décrochent chaque année.

Mardi 3 novembre 1914

Ne sachant pas quand nous pourrons rentrer à Paris, maman a commencé, malheureusement, à s'inquiéter pour notre instruction. La mère de Berthe lui avait parlé d'une vieille demoiselle, ancienne institutrice de ses nièces, qui s'est retirée à Houlgate où elle possède une petite maison, sur la route de Villers. Maman est allée la voir hier. Demain, nous aurons notre première leçon, Jules et moi, avec Mlle Maunié.

Mercredi 4 novembre 1914

Notre nouvelle institutrice est venue nous faire travailler cet après-midi. Avec son chignon terne serré, sa robe grise et ses bottines fauves, on dirait une souris. « Un rat ! » a décrété Jules, qui est furieux de devoir la supporter. Il exagère. Elle est plutôt gentille, mais sa voix sourde donne envie de dormir. Mon frère a révisé ses déclinaisons latines pendant qu'elle me récitait toute la dynastie des Mérovingiens…

Elle revient après-demain. D'ici là, Jules doit apprendre la conjugaison du subjonctif. Quant à moi, je dois résoudre un problème de tuteur qui divise un héritage de trente-deux mille francs entre cinq orphelins avant de m'attaquer à la rédaction suivante :

Dites ce que doit faire une jeune fille qui veut être le bras droit de sa mère, la joie de son père et contribuer au bonheur de toute sa famille.

Comme si j'avais des idées là-dessus !

Vendredi 6 novembre 1914

Mlle Maunié est revenue. Après-midi fort ennuyeux.

Nous avons déclaré la guerre à l'Empire ottoman, parce que les Turcs sont alliés avec les Allemands et les Autrichiens.

Mardi 10 novembre 1914

Maman a reçu une lettre de papa. Il lui annonce qu'il va désormais opérer au Grand Palais, transformé en hôpital. Il dit que les blessés arrivent à Paris en très mauvais état. La plupart ont reçu des éclats d'obus et il faudrait pouvoir soigner leurs blessures plus vite. Dans les trains, on empile les brancards sur de la paille et mon père retrouve des brins de cette paille jusque dans les plaies. Dans l'enveloppe, papa avait joint un mot sur une feuille à part, pour Jules et moi. Voici ce qu'il écrit :

Ma Geneviève chérie, mon petit Jules,

Je n'ai guère le temps de penser, à Paris, tant j'ai à faire auprès de nos soldats, mais vous me manquez à chaque instant. Pourtant, je préfère vous savoir en sécurité à Houlgate. La guerre sera sans doute plus longue que nous avions prévu et de nombreux blessés arrivent chaque jour par train dans la France entière. À Houlgate même, vous le savez déjà, le Casino et le Grand Hôtel ont été transformés en hôpitaux. Nous, les médecins et chirurgiens, manquons terriblement de matériel. Aussi me suis-je permis de donner à notre service de santé le lit supplémentaire qui était dans ta chambre, Geneviève, et toi, Jules, le petit canapé qui ornait la tienne. Pensez, mes chers enfants, que les soldats blessés qui vont s'allonger dessus pourraient être vos frères. Je suis certain que vous approuverez mon geste. Je vous embrasse.

Votre affectionné père.

Papa a bien raison d'avoir donné mon lit pour les blessés. Jules a dit qu'on aurait pu donner aussi le bureau sur lequel il fait ses devoirs, comme cela, en rentrant à Paris, il aurait pu expliquer à ses professeurs qu'il ne pouvait plus travailler !

Mercredi 11 novembre 1914
Aujourd'hui, j'ai quatorze ans, et c'est la guerre.

Jeudi 12 novembre 1914

Tante Suzanne m'a écrit de Lyon pour me souhaiter un bon anniversaire. La sœur aînée de mon père est aussi ma marraine. Son mari, oncle Édouard, dirige une filature de soies. Il est aussi raide que son faux col et aussi ennuyeux que Mlle Maunié. Je ne sais jamais quoi lui dire, lui non plus du reste. L'an dernier, ma marraine m'avait invitée à Lyon. Le premier jour, les repas ont été atroces ! Oncle Édouard se forçait à me poser des questions :

– Aimes-tu l'étude, Geneviève ?

– Quel est ton livre préféré ?

– As-tu de bonnes camarades à ton cours ?

J'étais si intimidée que je bafouillais des bribes de réponses. J'avais l'air d'une idiote. Heureusement, tante Suzanne est venue à mon secours en disant à son mari que je devais être fatiguée par le voyage. Et, le lendemain, oncle Édouard avait cessé de s'intéresser à moi. Ouf !

Avec tante Suzanne, au contraire, pas de risque de s'ennuyer. Elle rit toujours, est curieuse de tout et de tout le monde. N'ayant pas eu d'enfants, elle s'occupe de ceux des autres. Elle a monté une bibliothèque dans le quartier de la Croix-Rousse, à Lyon, et elle passe son temps à faire la lecture aux petits et à leur prêter des livres. Dans sa lettre, tante Suzanne m'apprend qu'elle vient de s'engager comme infirmière. Cela ne m'étonne pas d'elle…

Mercredi 25 novembre 1914

Maman m'apprend à tricoter. J'ai commencé un cache-nez pour André. Le froid arrive : il faut penser à équiper nos soldats. Les journaux disent qu'ils ont creusé des tranchées et s'enterrent dedans pour se protéger de l'ennemi.

Jeudi 3 décembre 1914

Nous avons reçu une bonne lettre d'André. Son instruction est maintenant terminée et il vient d'être nommé aspirant dans un régiment d'infanterie. Il va commander une section d'une cinquantaine d'hommes. Je suis fière de mon frère.

Samedi 5 décembre 1914

Hier à déjeuner, Jules a pleuré – ce qui est très rare – et supplié maman de rentrer à Paris. Mais il ne s'y est pas très bien pris, comme d'habitude !

– Je m'ennuie trop, ici ! Je déteste le rat et ses conjugaisons. Je veux rentrer au collège, a-t-il crié.

– Je te défends d'appeler Mlle Maunié ainsi, a rétorqué maman, et nous rentrerons quand ton père le décidera.

J'ai volé au secours de Jules et j'ai imploré maman, moi aussi. Je lui ai dit que Jules risquait d'être en retard dans ses études s'il manquait le collège trop longtemps, que nous pouvions bien subir les bombes allemandes, quand André et Henri étaient sur le front, que papa avait besoin de nous, même s'il ne se plaignait jamais, et qu'elle pourrait plus facilement se rendre utile à Paris qu'ici…

Elle a commencé par me dire qu'une jeune fille devait se montrer raisonnable, surtout en ce moment. Mais elle m'a quand même écoutée et, à la fin, elle nous a souri et a dit qu'elle allait écrire à papa cet après-midi.

Mercredi 9 décembre 1914

Le président de la République est rentré hier à Paris avec son gouvernement.

Nous aussi, nous rentrons ! Papa est d'accord. Malgré le froid, Rose veut bien m'accompagner dire au revoir à Alphonsine et à Germaine, demain.

Jeudi 10 décembre 1914

Triste visite à Auberville cet après-midi. La dernière vache a été réquisitionnée. Germaine a mauvaise mine et Alphonsine, si vaillante d'habitude, traînait une jambe qui lui faisait très mal. La maison était bien froide : les deux femmes économisent le bois et attendent le soir pour faire du feu dans la salle. Elles sont sans nouvelles de Jacques depuis près d'un mois.

Demain, nous partons très tôt.

Samedi 12 décembre 1914

Ça y est ! Je suis à Paris, dans ma chambre de la rue de Monceau. Cela m'a fait plaisir de retrouver le tissu à fleurs des murs et mon dessus-de-lit de cretonne rouge. L'autre lit manque. À sa place, le vide est étrange. Mais je vais m'habituer. Hier, le voyage a été épuisant : douze heures de train pour aller de Villers à Paris ! Nous nous sommes arrêtés un temps infini à Caen, puis à Lisieux, puis dans la campagne. Notre train devait laisser passer d'autres trains pleins de blessés, de munitions... Heureusement, papa avait pu venir nous chercher à la gare Saint-Lazare. Nous sommes allés à la maison en tramway, puisque nous n'avons plus d'automobile. La receveuse était une femme ! Cela m'a surprise. Mais aujourd'hui, en allant me promener avec Rose et Jules au parc Monceau, j'en ai vu d'autres. Presque tout le personnel des tramways est féminin, maintenant. Elles portent un col rond sous leur uniforme, un sac de cuir en bandoulière, un petit chapeau. Tout à l'heure, au changement de direction, la receveuse a rapidement glissé sa planche à billets dans la sacoche de cuir qu'elle portait en bandoulière. Elle a enfilé de grosses mitaines, saisi la lourde barre de fer, a sauté du tramway, couru aussi vite que sa jupe le lui permettait jusqu'à l'aiguille qu'elle a fait basculer avec sa barre. Puis elle a crié au wattman :

– Allez, roulez !

Notre tramway s'est remis en marche doucement. Elle a surveillé que nous passions bien l'aiguillage et a couru à nouveau pour monter à l'arrière avant que nous ne roulions trop vite.

Comme une dame la regardait d'un air admiratif, elle lui a lancé :

– Le soir, on dort bien.

Tout le monde a ri.

Lundi 14 décembre 1914

Hier, c'était la Sainte-Lucie, la fête de la Lumière. Ma grand-mère, celle qui est morte il y a trois ans – l'autre, je ne l'ai jamais connue –, était toujours heureuse à cette date de l'année, car les jours cessent de raccourcir !

Je suis retournée au cours Fleuriot ; j'avais la tête qui tournait un peu. Heureusement, Blanche m'attendait à la porte, avec sa bonne. Je suis si contente de l'avoir retrouvée. Quand je pense que nous allons nous revoir demain, et presque tous les autres jours ! Mᵐᵉ Fleuriot m'a serrée dans ses bras et m'a conduite à la classe de troisième année. Je n'ai pas été trop perdue en mathématiques, ni en littérature ancienne. De toutes les façons, plusieurs autres filles sont rentrées presque aussi en retard que moi. Deux élèves sont en deuil. L'une a perdu son frère en septembre, sur la Marne. Le père de l'autre est tombé la semaine dernière près de la mer du Nord. L'après-midi, nous avons fait des colis pour les soldats. Noël approche. Pourvu qu'ils les reçoivent à temps.

Mercredi 16 décembre 1914

Paris a changé. Les gens ont l'air pressés. Ils traversent n'importe où : sans bus et sans automobiles, les rues paraissent vides. Il n'y a que les tramways, quelques charrettes à bras, et, de temps en temps, un vieux fiacre poussif tiré par deux chevaux si perclus de rhumatismes qu'ils ont échappé au front. Il n'y a plus de bateaux-mouches non plus. Presque tous les théâtres sont fermés, l'Opéra aussi.

Jeudi 17 décembre 1914

Maman m'a avoué qu'elle était bien contente d'être à Paris, elle aussi, malgré les Taube, et bien que papa rentre si tard. Ce soir, nous nous sommes serrées sous la lampe toutes les deux pour tricoter. Voyant que je peinais sur le cache-nez d'André, maman me l'a pris pour le finir pendant que je dormirais. Comme je résistais, elle a prétendu que cela l'occuperait en attendant le retour de papa.

Vendredi 18 décembre 1914

Grâce à maman, le cache-nez d'André était prêt à partir ce matin, soigneusement enveloppé dans son colis avec du saucisson, un gâteau, un jambon, du tabac, des chaussettes bien chaudes. Pourvu que le colis arrive pour Noël.

Vendredi 25 décembre 1914

Messe à Saint-Augustin, ce matin. J'ai prié comme jamais. Déjeuner, triste. J'ai eu une boîte à ouvrage et Jules un jeu de construction. Mon Dieu, rendez-moi mes frères vivants avant le prochain Noël !

Mardi 29 décembre 1914

Pour fêter quand même un peu Noël, et surtout pour distraire maman, papa nous a emmenés cet après-midi à l'Opéra-Comique, qui a rouvert ses portes. J'ai pu étrenner la nouvelle robe que la couturière de maman m'a cousue cette semaine. Il faut lui donner du travail parce que son mari est au front et qu'elle est toute seule pour faire vivre ses deux enfants.

Le spectacle était très beau. On a joué *La Fille du régiment* ; tous les premiers rangs étaient réservés aux blessés et à leurs familles. À la fin, la cantatrice Marthe Chenal est apparue enveloppée dans le drapeau français et, quand elle a entamé *La Marseillaise*, tout le public s'est levé et a chanté avec elle. Je n'ai pas pu m'empêcher de pleurer.

Mercredi 6 janvier 1915

Aujourd'hui, c'est l'Épiphanie et papa est rentré exceptionnellement du Grand Palais pour déjeuner. Nous avons tiré les rois. Jules a eu la fève, et il a élu maman reine. Lorsque André et Henri ont la fève, ils me choisissent toujours. Marie-Louise avait peur que la galette soit sèche, car elle a de plus en plus de mal à trouver du beurre. Mais je me suis régalée. Depuis la guerre, les desserts sont rares à la maison.

Vendredi 8 janvier 1915

Rose s'en va ! Elle devient ouvrière – fraiseuse cela s'appelle – dans les usines Renault, à Billancourt.

Je suis triste que Rose nous quitte. Elle est à la maison depuis que j'ai cinq ans, et pas une fois elle n'a rapporté à mes parents. Un jour où j'avais cassé une tasse, elle s'est même accusée à ma place.

Comme je pleurais en apprenant son départ, elle m'a expliqué :

– Vous comprenez, a-t-elle dit, depuis que mon père est parti, ma mère touche une indemnité de femme seule de 1,25 franc par jour, plus 0,5 franc pour chacune de mes deux petites sœurs. C'est peu. Vous, bien sûr, vous ne pouvez pas vous rendre compte, mais un kilo de lentilles, ça coûte 1,05 franc, un sac de charbon 6,50 francs… Si je veux que mes sœurs boivent du lait tous les jours et mangent de la viande deux fois la semaine, il faut que je gagne plus d'argent. À Billancourt, j'aurai deux fois les gages que me donnaient vos parents. Je n'ai pas le choix, vous savez.

Et moi qui ne pensais qu'à ma tristesse, pendant que Rose se préoccupait de sa famille ! Pourtant, Mme Fleuriot nous a bien dit de nous demander chaque matin comment notre journée pourra servir le pays ! J'ai embrassé Rose et je l'ai suppliée d'accepter ma poupée Joséphine pour ses sœurs. Je ne joue plus avec elle, de toutes les façons.

Samedi 9 janvier 1915

Maman est allée place Saint-Ferdinand cet après-midi, à l'Union des Femmes de France où elle avait déjà trié des couvertures pour les sinistrés pendant la grande crue de la Seine, il y a cinq ans. Elle va y retourner deux journées par semaine avec d'autres dames du quartier. Elles fabriquent des couvre-pieds, des oreillers, des gilets, des ceintures de flanelle pour les soldats.

Lundi 11 janvier 1915

Longue lettre d'André. Il a bien reçu mon cache-nez.

Votre colis est arrivé à temps pour Noël, écrit-il. J'ai partagé le jambon et le tabac avec les camarades. Ils vous remercient. Ton cache-nez, ma sœurette, me tient bien chaud, car ici, il n'y a guère de feu de cheminée. Je ne te savais pas des talents de tricoteuse ? Nous sommes maintenant terrés dans des trous, comme des rats, face aux rats ennemis qui ont creusé de véritables abris souterrains. Nous ignorons tout de la situation. Un jour, on attaque, le lendemain, on se replie. Le temps est exécrable et nous vivons dans la boue. Il faut faire attention aux trous d'obus qui sont remplis d'eau. Les hommes de ma section ne se plaignent jamais. Je les admire. Mais il y a plus à plaindre encore que mes hommes. Nous avons relevé un régiment de tirailleurs sénégalais, il y a deux semaines. Les pauvres gars ! Ils gèlent. Là-bas, dans les colonies, il fait si chaud… Leur corps ne s'habitue pas. Le froid est pour eux une torture et la boue donne à leur peau noire une couleur de cendre.

Votre André, qui pense à vous sans cesse.

Mercredi 20 janvier 1915

Les Allemands annoncent qu'ils envoient des zeppelins en Angleterre ! On craint pour Paris. La nuit, désormais, toutes les lumières seront éteintes dans un rayon de deux kilomètres autour de la tour Eiffel. Des affiches ont été collées sur toutes les colonnes Morris. Elles rappellent aux habitants qu'ils doivent fermer les volets et les persiennes la nuit. En face de la maison, chaque soir, vers huit heures, un municipal vient encapuchonner le réverbère afin qu'il cesse d'éclairer le ciel. Cela donne à la rue une lumière sinistre.

Je ne sais plus depuis combien de jours il pleut.

Papa est découragé. Beaucoup de blessés arrivent au Grand Palais inopérables et meurent là, sous ses yeux, alors qu'ils auraient pu être sauvés si on était intervenu plus tôt. Il a des réunions avec des députés, des officiers et des médecins du service de santé des armées pour accélérer la mise en place d'équipes chirurgicales plus près du front.

Jeudi 21 janvier 1915

Oncle Raymond est mort dans la Somme. Nous l'avons appris aujourd'hui par un courrier de l'oncle Gaston. Tante Juliette est si bouleversée qu'elle ne peut pas encore écrire. Pauvre petit Guy, il ne se souviendra même pas de son père.

Samedi 23 janvier 1915

Maman a enfin accepté de m'emmener avec elle jeudi faire la pêche au vieux linge ! Il s'agit de sonner à tous les étages des immeubles pour demander aux maîtresses de maison si elles n'ont pas des morceaux d'étoffe, des vieux draps ou des torchons usés. Après, tout ce linge sera distribué par les dames de l'Union des Femmes de France, les lainages les plus chauds serviront à coudre des vêtements pour les soldats, les draps finiront en charpie pour les pansements, et les tissus les plus usés iront bourrer les couvre-pieds…

Jeudi 28 janvier 1915

Je suis épuisée et j'ai mal au dos mais nous avons récolté tant de vieux linge, maman et moi, qu'en nous voyant arriver les dames de la place Saint-Ferdinand ont applaudi… Pourtant, notre pêche avait plutôt mal commencé ! Nous sommes parties en début d'après-midi, munies chacune d'un sac en toile de jute et d'un panier fournis par Marie-Louise. Nous devions descendre l'avenue de Villiers vers la place Malesherbes. Nous avons tiré la sonnette de plusieurs immeubles, sans grand succès. Généralement, la concierge demandait d'un ton aigre ou méfiant :

– Qu'est-ce que c'est ?

Elle entrouvrait prudemment la porte de sa loge, écoutait à peine maman expliquer le but de sa visite, et daignait enfin sortir en voyant l'insigne de l'Union des Femmes de France ! Pour accéder aux étages, ensuite, c'était une autre histoire. L'une voulait nous accompagner partout mais se plaignait d'avoir trop mal aux jambes pour monter les escaliers, une autre nous a fait des recommandations pendant dix minutes au sujet de chacun des habitants : nous ne pouvions pas sonner chez celui du premier, parce qu'il était trop vieux, ni chez ceux du deuxième : ils étaient sans nouvelles de leur fils, ni chez la veuve du troisième, parce qu'elle était sourde ! Bref, au bout d'une heure, nous n'avions qu'un maigre paquet de tissus.

– Essayons encore les trois prochains immeubles, m'a dit maman, et puis nous irons porter ce que nous avons récolté. C'est déjà cela ! a-t-elle ajouté, sentant que j'étais un peu découragée.

Mais, dans la maison suivante, la concierge, très aimable, nous a envoyées au premier étage. Là, on nous a ouvert et on nous a introduites au salon. Une dame âgée est venue nous retrouver quelques minutes plus tard. Après avoir écouté maman avec beaucoup d'attention, elle nous a demandé de la suivre. Nous avons pris un couloir un peu sombre, et nous sommes arrivées dans une petite pièce aux volets fermés. La vieille dame a fait ouvrir les volets et une grande armoire. Celle-ci était pleine jusqu'en haut de vieux rideaux rouge et jaune épais qui sentaient la lavande comme les placards à linge du chalet, à Houlgate.

– Voilà, a dit la dame en les montrant. C'est pour vous. J'ai fait faire de nouveaux rideaux dans tout l'appartement juste avant la guerre. J'avais gardé les vieux, parce qu'ils me rappelaient des souvenirs. Ils sont usés, mais épais. Ils devraient pouvoir servir.

Comme maman ouvrait la bouche pour remercier, la dame l'a arrêtée d'un geste :

– Ne me remerciez pas, madame. J'ai quatre petits-fils au front… Tous vivants, a-t-elle précisé en faisant un signe de croix pour conjurer le malheur.

Un quart d'heure plus tard, maman et moi, nous suivions jusqu'à la place Saint-Ferdinand le concierge de l'immeuble qui tirait une charrette d'où débordait une masse rouge et jaune. Plusieurs passants se sont arrêtés le long de l'avenue de Villiers pour nous regarder passer.

Mardi 2 février 1915

En cas d'apparition de zeppelins à proximité de Paris, nous serons prévenus à coups de trompe. Nous devrons descendre dans les caves ou au rez-de-chaussée des immeubles. Au cours Fleuriot, nous avons fait des exercices cet après-midi pour apprendre à descendre vite et dans le calme.

Vendredi 5 février 1915

Jules, élève médiocre l'an dernier, s'est mis au travail. Les maîtres répètent tous les jours aux garçons que leurs fusils, ce sont leurs porte-plume ! En attendant de pouvoir aller se battre, mon frère a décidé d'apprendre son latin. En récompense de ses bonnes notes, papa l'a autorisé à aller à la Journée du canon 75, après-demain, avec un camarade du collège pour vendre des insignes. Jules dit que notre canon peut tirer vingt obus par minute et qu'il est bien supérieur à l'artillerie boche.

Mercredi 10 février 1915

Lettre d'Henri. Il y a toujours plus de morts et de blessés. Il ne cesse de courir avec son brancard dans des couloirs d'évacuation boueux aménagés derrière les tranchées. Il raconte aussi que les soldats rejoignant le front ont de nouveaux uniformes bleu horizon pour remplacer les pantalons rouges.

Il était temps ! écrit-il. *Quand je vais chercher un blessé, je suis obligé de mettre une salopette grise fournie par le ravitaillement par-dessus mon pantalon pour éviter d'être trop visible. Ce n'est pas pratique pour courir et j'ai l'air d'un clown ! Il paraît que, bientôt, nous aurons tous nos nouveaux uniformes.*

De temps en temps, mon frère redescend en troisième ligne, dans un village, et il vaccine les hommes contre la fièvre typhoïde.

Vendredi 12 février 1915

Au premier étage de notre immeuble, l'un des trois fils de la famille Mangeot, qui était au lycée avec André, est mort.

Un grand drap noir recouvre notre porte cochère.

Lundi 1er mars 1915

Empêchés par les Anglais de se ravitailler, les Allemands manquent de nourriture. Pour se venger, ils essaient de couler le plus grand nombre de navires de commerce anglais possible avec leurs maudits sous-marins. Ils ont inventé une arme nouvelle qui lance du feu sur nos tranchées.

Lundi 22 mars 1915

Nous sommes allées à Versailles en train, hier, pour vendre des bouquets de violettes au profit de l'œuvre du Vêtement des prisonniers.

La veille, vers deux heures du matin, j'ai été réveillée par papa qui m'a dit de m'habiller très vite pour descendre à la cave. On entendait des bruits de canons, des projecteurs faisaient de grandes raies de lumière dans le ciel noir. C'étaient les zeppelins. Nous sommes restés près d'une heure à la cave, maman, Jules et moi, ainsi que les parents Mangeot. Papa faisait des allers et retours jusqu'à l'appartement pour apporter des chaises et des couvertures. Puis il nous a dit que l'alerte était passée. Je suis remontée dans mon lit. Il n'y avait plus ni bruit, ni lumière. Mais j'ai mis très longtemps à m'endormir.

Ce matin, les journaux ont dit que les zeppelins ont envoyé des bombes sur la banlieue. Un énorme cratère s'est ouvert à Asnières-sur-Seine.

Jeudi 25 mars 1915

Marie-Louise veut absolument coudre une image en tissu de la poupée Rintintin dans le veston de Jules et une de celle de Nénette dans mon paletot, pour nous protéger des zeppelins. Maman a répondu que nos médailles de la Vierge suffisaient et qu'il n'y avait pas besoin d'ajouter les personnages de M. Poulbot !

Du coup, depuis deux jours, Marie-Louise ne parle plus ! Et Jules, lui, est de mauvaise humeur parce qu'il a lu dans le journal que les aviateurs sont impuissants contre les zeppelins. Papa lui a pourtant expliqué qu'on ne peut pas canonner les zeppelins et risquer la vie de nos pilotes en les envoyant sous le feu de notre propre artillerie…

Vendredi 26 mars 1915

Le journal *Le Matin* a promis qu'il offrirait une récompense de 25 000 francs au premier aviateur qui descendra un zeppelin dans le camp retranché de Paris. Jules est tout excité à cette idée.

J'ai toute la troisième et quatrième déclinaison latine à apprendre pour demain. Je n'y arriverai jamais !

Lundi 5 avril 1915

Pas de nouvelles des zeppelins mais nous avons eu une visite de Rose, hier, pour Pâques ! Il pleuvait à torrents et elle était trempée, la pauvre. Elle a l'air contente à Billancourt. Elle fait de longues journées de douze à quatorze heures coupées d'une pause pour le déjeuner qu'elle prend dans une nouvelle cantine réservée aux femmes, rue du Point-du-Jour, pour 2 francs. Dans son usine, une crèche a été aménagée pour les mères d'enfants en bas âge. Des femmes gardent les petits pendant que leurs mères travaillent et, de temps en temps, les ouvrières ont droit à une pause pour venir allaiter leur bébé. Rose dit que Renault va sortir de nouvelles voitures sanitaires, de gros camions équipés de groupes électrogènes qui vont permettre d'installer des blocs de chirurgie près du front.

Jeudi 8 avril 1915

Toujours pas de zeppelins depuis leur première visite. Il fait très beau. Cet après-midi, nous nous sommes assises au parc Monceau, Blanche et moi. La pelouse est pleine de crocus et les premières primevères sortent. Deux filles et un tout petit garçon jouaient au cerceau devant nous. J'étais bien, j'avais oublié la guerre.

Mais une des filles a pris le petit garçon par la main et a crié à l'autre :

– Viens, on va jouer à l'hôpital, Jean serait amputé des jambes, et nous, on le soignerait.

Alors, je me suis souvenue…

Quand je suis rentrée à la maison, sur la commode de l'entrée, il y avait une lettre. Elle est d'Alphonsine, ou plutôt de Germaine, parce que Alphonsine ne sait pas écrire. Le maire d'Auberville est venu à la ferme la semaine dernière. Jacques est mort. Fauché par un obus, dans la Somme. Jacques qui me ramassait des pommes, Jacques qui n'était bavard qu'avec ses vaches, Jacques qui tenait si bien la ferme depuis la disparition du père. Jacques qu'Alphonsine aimait plus que tout.

Samedi 10 avril 1915

Nouvelle lettre d'Henri ce matin. Tout va bien, apparemment. André, lui, ne nous écrit guère.

Samedi 17 avril 1915

Papa a eu une réunion avec Marie Curie, qui a été nommée directrice du service de radiologie de la Croix-Rouge française.

– Quelle femme admirable, a-t-il dit au dîner. Elle a abandonné son projet d'institut du radium, et elle n'hésite pas à démarcher elle-même les grandes fortunes pour obtenir des limousines où installer son matériel radiologique. Les premières camionnettes sont déjà parties vers le front.

– Mais ça sert à quoi, son matériel ? a demandé Jules.

– Grâce aux rayons X, nous pouvons diagnostiquer plus vite et plus sûrement des blessures internes comme des fractures ou des hémorragies, a répondu papa. Ils nous permettent aussi de localiser les projectiles dans les corps. Chaque minute de gagnée peut sauver un blessé.

Mardi 20 avril 1915

Le lieutenant Roland Garros a été fait prisonnier par l'ennemi. Il ne pourra plus abattre ses Taube en vol. Jules est effondré.

Samedi 24 avril 1915

À Ypres, en Belgique, les Allemands ont encore utilisé une arme nouvelle : ils ont envoyé des gaz sur nos soldats, des gaz silencieux, que personne ne peut entendre ni voir venir, des gaz qui brûlent la figure, ravagent le nez, assèchent les yeux, nécrosent les poumons.

Rien n'arrêtera donc ces barbares ?

Samedi 8 mai 1915

Un sous-marin allemand a coulé un paquebot anglais qui rentrait des États-Unis. Le *Lusitania* avait près de deux mille passagers à son bord, dont beaucoup de femmes et d'enfants.

Papa dit qu'après un tel crime, les Américains vont peut-être entrer dans la guerre.

Jeudi 13 mai 1915

Au prix de bien des démarches, maman a obtenu une place de train pour Pau. Elle va passer l'Ascension avec tante Juliette et Guy. Tante Suzanne, prévenue, s'apprêtait à débarquer de Lyon pour diriger la maison pendant l'absence de maman. Mais papa a été très ferme : il lui a assuré que nous nous débrouillerions très bien tout seuls. Je crois qu'il n'avait pas du tout envie de voir tante Suzanne mettre son nez dans les menus, lui reprocher son manque d'appétit et, surtout, se disputer avec Marie-Louise, ce qui n'aurait pas manqué d'arriver !

Lundi 17 mai 1915

Jules n'arrête pas d'asticoter Marie-Louise qui a menacé de ne pas faire le dîner ce soir… J'ai hâte que maman revienne.

Samedi 22 mai 1915

Maman est rentrée hier soir, lasse après dix-huit heures de train depuis Pau, mais bien contente d'avoir vu sa sœur. Le petit Guy marche et dit quelques mots, et tante Juliette est très courageuse. Oncle Gaston vient presque tous les jours. Quelle chance qu'il soit à côté d'eux.

Jeudi 17 juin 1915

Demain, nous passons le certificat. Blanche a peur, moi cela m'est égal. Tout m'est égal sauf de retrouver André et Henri, de voir maman sourire enfin, et mon pauvre papa sans ce teint gris…

Samedi 3 juillet 1915

J'ai eu un prix en histoire et en mathématiques et je suis reçue à mon certificat d'études secondaires.

Jeudi 8 juillet 1915

Ce matin, lettre d'André. Ça y est : tous les soldats auront des permissions à tour de rôle pour voir leur famille quelques jours. André laisse d'abord partir les hommes de sa section, lui attendra septembre.

Samedi 10 juillet 1915

Cette fois, c'est Henri qui nous annonce sa venue prochaine :

Je n'ai plus qu'un désir qui me hante, écrit-il, c'est de courir sur la plage d'Houlgate et de me jeter à l'eau !

Mercredi 14 juillet 1915

Quelle fatigue ! Je me suis levée à l'aube pour rejoindre Blanche, son frère Vincent en permission pour quatre jours, et leur mère. Nous avons salué la dépouille de Rouget de Lisle sous l'Arc de Triomphe puis nous avons suivi de loin le cortège transportant les restes de l'auteur de *La Marseillaise* jusqu'à la crypte de l'église des Invalides où ses cendres ont été transférées à l'occasion de la fête nationale. Il y avait une foule incroyable et nous avons eu très chaud : tout le monde, taxis, fiacres et tramways compris, portait des cocardes bleu, blanc, rouge.

Papa a obtenu les autorisations pour nous conduire demain à Houlgate. Nous irons en voiture sanitaire et il restera quelques jours avec nous.

Dimanche 18 juillet 1915

Il y a un an, jour pour jour, j'ai commencé ce journal, ici, dans le jardin d'Houlgate. Que c'est loin ! Nous attendions papa et André, puis Henri. Quand je pense que je me sentais malheureuse de ne plus pouvoir jouer au tennis à cause de mon entorse ! Le Sporting Club est fermé. Plusieurs villas sont devenues, elles aussi, des hôpitaux. Il n'y a plus à Houlgate que des blessés et des infirmières.

Demain, nous irons voir Alphonsine et Germaine.

Lundi 19 juillet 1915

Quelle triste visite ! Alphonsine s'est mise à pleurer en nous voyant. Elle ne s'arrêtait plus. Le chagrin n'a pas arrangé l'état de ses jambes, qui ne la portent presque plus. Germaine fait tout ce qu'elle peut. Elle s'occupe des quelques poules qu'il leur reste, se loue à la journée chez des voisins pour les travaux des champs. Elle a terriblement maigri. Elle parle de s'engager à l'usine de munitions de Dives. Quand je pense qu'elle a seulement deux mois de plus que moi.

– Ils cherchent du monde pour fabriquer des obus, m'a-t-elle dit, et ils payent bien.

Elle a ajouté à voix basse :

– Tu comprends, je n'arrive plus à nous nourrir.

– Mais que va faire ta mère ? lui ai-je demandé.

– Je reviendrai les dimanches, Dives n'est pas loin.

Une voisine passera la voir tous les jours. Faut bien vivre.

Oui, elle a raison, Germaine, il faut bien vivre.

Mardi 3 août 1915

Berthe et sa mère sont arrivées avant-hier et leur première visite a été pour le chalet Neptune. Quelle barbe ! Elle a eu de meilleures notes que moi au certificat d'études secondaires. Elle était tellement fière ! Cela m'a exaspérée.

Dimanche 15 août 1915

Messe aujourd'hui pour l'Assomption. On attend toujours Henri en permission… Maman tressaille dès qu'elle aperçoit la tête du facteur par-dessus la grille.

Lundi 16 août 1915

En plus du Grand Hôtel, du Casino, rue des Dunes, de l'hôtel du Casino, rue Alexandra-Féodorovna, la maison évangélique de la rue du Moulin a été transformée en hôpital, ainsi que la villa Roblot, la villa Vertes-Feuilles, la villa Marine… Chaque après-midi, sur la promenade du bord de la plage, des soldats convalescents et pâles vont et viennent lentement au bras de leurs infirmières. Je les ai encore vus de loin, aujourd'hui, en allant chercher des couteaux à marée basse avec Jules. Être sur la plage me rappelle Rose, qui, l'été dernier, venait toujours avec nous. Elle disait qu'elle aimait par-dessus tout l'odeur de la mer. Quand je pense qu'elle est enfermée dans son usine, à Billancourt, à répéter les mêmes gestes toute la journée… Et Germaine qui veut fabriquer des obus !

Vendredi 20 août 1915

Papa et Henri ont débarqué hier soir, vers huit heures, comme cela, sans crier gare. J'ai cru que maman allait s'évanouir en les voyant pousser la grille du jardin. En fait, Henri a fini par avoir sa permission et il est arrivé avant-hier gare de l'Est. Le temps de passer à la maison se laver et se changer, il est allé rejoindre papa à l'hôpital. Celui-ci était justement en train d'organiser un transport de soldats convalescents vers les hôpitaux d'Honfleur et d'Houlgate. Henri et lui ont pu se joindre facilement au convoi et, une fois les derniers blessés accompagnés au Grand Hôtel, ils sont montés à pied jusqu'ici.

Henri a minci, mais il est toujours le même. En arrivant, il a pris maman dans ses bras et a fait mine de commencer à danser avec elle en fredonnant un air d'Yvonne Printemps. Elle s'est défendue en riant :

– Henri, mais tu n'as pas honte, tu me décoiffes, laisse-moi donc !

Mon frère a pris un air faussement blessé et l'a reposée avec une courbette. Jules sautait autour d'eux en criant :

– On fait le cheval comme avant, Henri, on fait le cheval !

Alors Henri l'a hissé sur son dos en pestant parce qu'il commence à être lourd et ils sont partis tous les deux courir autour de la pelouse en hennissant...

Après, Marie-Louise a sorti un pâté qu'elle gardait pour dimanche, du cidre et nous avons dîné. Pour la première fois depuis l'année dernière, c'était comme s'il n'y avait pas la guerre.

Samedi 21 août 1915

Malgré la pluie, Henri a tenu à se baigner. Il était seul dans l'eau, à faire l'idiot. On aurait dit une sauterelle dans son costume de bain.

Mercredi 25 août 1915

Henri et papa sont repartis pour Paris. Mon frère doit être à son poste de brancardier dans deux jours. Le chalet est vide sans lui, et triste. Henri était gai, comme toujours, même si, parfois, il se forçait. Hier, Jules lui a demandé s'il ramassait souvent des morts sur son brancard. C'était un peu bête comme question, c'est vrai... Mais Henri a ri trop fort et lui a répondu méchamment :

– C'est bien une question d'embusqué !

Jules a pleuré. Lui qui rêve du jour où il pourra s'engager…

Mercredi 1er septembre 1915

Depuis que je suis arrivée à Houlgate, j'ai déjà tricoté quatre écharpes pour les soldats. Maman m'a demandé d'en faire encore une cinquième parce qu'elle veut en apporter le plus possible à l'Union des Femmes de France en rentrant à Paris. J'en ai assez de tricoter, je déteste cela, même pour protéger du froid les soldats, et même s'ils se battent pour nous !

Je ne peux pas m'empêcher de faire des mailles de plus en plus lâches.

Mercredi 8 septembre 1915

Hier, je suis montée chez Alphonsine et Germaine avec maman pour leur apporter un peu de sucre, de farine et du café. Nous avons ramassé des pommes, cela sentait bon. Germaine est fermement décidée à s'engager à l'usine de Dives, puisqu'elle vient d'avoir ses quinze ans. Elle y est allée la semaine dernière. Ils veulent bien l'embaucher à la Toussaint, le temps qu'elle trouve une chambre là-bas et qu'elle s'organise pour sa mère. La voisine, dont le mari et le fils sont au front, a proposé de prendre Alphonsine chez elle toute la semaine. Germaine est soulagée, car sa mère marche de moins en moins bien.

Lundi 20 septembre 1915

Il n'arrête pas de pleuvoir. J'ai envie de retrouver Paris, Blanche et le cours Fleuriot.

J'ai eu une idée pour le tricot, je n'en suis pas très fière, mais tant pis. Le soir, je glisse le morceau d'écharpe bien à plat sous mon matelas, et le matin, avec mon poids, il s'est étiré… Je gagne chaque nuit quelques centimètres !

Vendredi 24 septembre 1915

D'après maman, ma dernière écharpe n'était vraiment pas très belle. C'est vrai. Le pauvre soldat qui va en hériter ! Je vais essayer de retrouver le courage de tricoter correctement la prochaine.

Papa a obtenu des laissez-passer pour venir nous chercher mardi. Je suis bien contente.

Vendredi 1ᵉʳ octobre 1915

Ouf, nous sommes rentrés.

Passé l'après-midi d'hier dans ma chambre avec Blanche à parler. Elle aussi a trouvé l'été bien long. Vincent est reparti très vite et elle est allée trois semaines en août chez une tante près de Vernon. Ses parents ne voulaient pas retourner chez sa grand-mère à Compiègne, c'est trop proche des territoires occupés.

Les journaux disent que nos troupes ont engagé une belle offensive en Artois et en Champagne. Ils disent que nous avons fait beaucoup de prisonniers allemands. Mais ils se gardent bien de parler de nos morts et de nos blessés. J'aimerais avoir des nouvelles d'André.

Jeudi 7 octobre 1915
Lettre d'André hier. Il sera là demain…

Vendredi 8 octobre 1915
Mon frère est arrivé tout à l'heure. Maman s'est précipitée vers lui. Il n'a pas voulu qu'elle l'embrasse. Il a juste dit :

– Il faut que je me change… Les poux, vous comprenez.

Et il est parti dans sa chambre.

Il en est ressorti une demi-heure plus tard, rasé et en civil.

Alors seulement, il a semblé nous reconnaître pour de bon. Moi aussi, j'ai mis du temps à retrouver mon frère. Il a perdu des cheveux, son front est plus grand, il a des cernes jaunes. Même ses yeux ont changé. De verts, ils sont devenus gris et sa voix est plus grave, un peu rauque.

Dimanche 10 octobre 1915

André ne parle guère. Maman essaie de le distraire, lui propose d'aller se promener. En vain. Il reste dans le salon, dans un fauteuil, à lire, ou à faire semblant. On dirait presque que cela lui pèse d'être avec nous.

Vendredi 15 octobre 1915

Hier, jeudi, il faisait si doux que j'ai proposé à André de marcher un peu dans le parc Monceau. D'abord, il a refusé, d'un ton sec. Je n'ai pas insisté, mais je suis sortie du salon parce que j'avais soudain très envie de pleurer. André a dû s'en apercevoir. Il s'est levé, m'a rattrapée dans le couloir, m'a embrassée et m'a dit d'une voix un peu bizarre :

— Excuse-moi, sœurette, je suis devenu une brute. Mets tes bottines et ton chapeau, nous y allons.

Nous avons tourné autour du jardin, doucement, le long des grilles. En silence. Les vieilles dames qui étaient, elles aussi, venues profiter du soleil jetaient des coups d'œil respectueux sur l'uniforme de mon frère. André, lui, regardait le parc sans le voir. Avisant un banc libre, il a fini par me dire :

— Arrêtons-nous un peu, veux-tu ?

Nous nous sommes assis. Il me semblait qu'André se détendait un peu. Il s'est penché en avant et a ramassé une poignée de terre. Tout en la renversant d'une main dans l'autre, il a commencé à parler :

– Là-bas, on vit dans la terre, enfin, sous la terre. Elle entre dans les guêtres, colle entre les doigts de pieds, durcit les vêtements, la barbe. La terre tombe dans les quarts et dans les gamelles; on la boit, on la mange. Pourtant, on l'aime bien, la terre. On la creuse, on s'y cache, on voudrait s'y enfouir, on y cache la peur. Ce n'est pas comme les rats. Au début, je me réveillais en sursaut quand ils me grouillaient dessus. Maintenant, je dors. Seulement, les hommes ont vite eu l'idée de tendre des fils dans les cagnas et d'y accrocher leurs morceaux de pain à l'abri…

J'avais pris la main d'André. Il a serré la mienne avant de continuer.

– Le plus dur pour moi, c'est quand je dois lancer mes hommes dehors, à l'assaut des gars d'en face. Chaque fois, je sais qu'une partie d'entre eux va tomber là, au milieu des barbelés. Et le pire, c'est qu'il faut attendre la nuit pour aller les chercher. Les morts, on ne peut plus rien pour eux, mais les blessés, tu comprends, on les entend râler à quelques mètres de nous. Je suis obligé de tenir les gars. Cela les rend fous d'entendre les autres. L'autre jour, nous étions sortis au milieu du jour, ordre du colonel. Il fallait reprendre cinquante mètres de terrain. Au bout de cinq minutes, six hommes étaient déjà par terre, j'ai donné l'ordre du repli. Pendant deux heures, on a attendu que la nuit tombe en écoutant le petit Varange, resté là-haut, la jambe arrachée. Au début, il hurlait, puis il a appelé sa mère et après, il s'est mis à geindre doucement, comme un enfant. C'était terrible. Tout à coup, Reviers, qui s'énerve vite, a rugi et a commencé à escalader la tranchée pour sortir. Deux hommes l'ont retenu, il s'est mis à les frapper. J'ai dû intervenir ; il s'est effondré par terre, dans la boue. Il tremblait, il ne pouvait plus s'arrêter de trembler. Je l'ai fait évacuer. Une heure plus tard, quand la nuit est enfin tombée, j'ai pris mon caporal et deux hommes avec moi, nous sommes sortis, nous avons rampé sous les barbelés jusqu'aux six soldats tombés l'après-midi. Deux d'entre eux vivaient encore, mais le petit Varange était mort…

À ce moment-là, un ballon est venu cogner le pied d'André. Il s'est interrompu, a levé la tête. Devant nous, un petit garçon attendait poliment qu'on veuille bien le lui rendre. André lui a souri et lui a tendu son ballon.

– Pourquoi je te raconte tout cela, ma pauvre Geneviève, pourquoi à toi, qui ne devrais pas savoir ? J'ai tellement attendu cette permission, j'en ai tellement rêvé. Je m'imaginais mon arrivée à la gare de l'Est, le trajet en tramway jusqu'à la maison, je pensais à toi, à Jules, aux parents, à la joie de vous revoir. Je pensais à ma chambre, à mes livres de droit. Et puis, je me suis senti comme un étranger au milieu de vous. Rien n'a changé ici, tu comprends, ou presque. Regarde ce jardin, ce sont les mêmes massifs, les mêmes fausses grottes, les mêmes pelouses, les mêmes enfants. Mais moi je n'appartiens plus à cette vie ; ma vie, elle est là-bas, avec les autres, avec la mort, dans la boue, dans l'enfer. Je me sens plus proche d'eux que de vous, je suis devenu un étranger dans ma famille. Je me sens même loin de papa et d'Henri qui soignent les soldats mais ne combattent pas. Je ne sais plus combien d'hommes j'ai tués, Geneviève. Tu vois mes mains, eh bien ces mains sont devenues des mains de guerrier. Nous ne sommes pas des héros, Geneviève, nous sommes des damnés !

André s'est tu. Je ne savais pas quoi dire. Je le sentais si profondément malheureux. J'ai mis mon bras sous le sien et je lui ai proposé de rentrer. Je lui ai dit que le soir, après le dîner, on pourrait peut-être jouer au mistigri tous les deux et qu'il pourrait tricher, comme quand j'étais petite, que je ferais semblant de ne pas m'en apercevoir. Cela l'a fait rire et on est rentrés, serrés l'un contre l'autre.

Jeudi 11 novembre 1915
André est reparti depuis trois semaines.
Là-bas.
Aujourd'hui j'ai quinze ans.
Nous sommes allés au Jeu de paume, dans le jardin des Tuileries, visiter une exposition d'objets faits par les soldats, les poilus comme on les appelle maintenant ! C'est incroyable ce qu'ils peuvent créer : des porte-plumes, des bagues découpées dans des

fusées d'obus allemands, et même des instruments de musique avec des casques et du fil de fer…

Mardi 16 novembre 1915

Notre classe vient d'adopter un filleul. Mme Fleuriot est venue nous l'apprendre ce matin. Il a vingt-quatre ans, il est soldat dans un régiment d'infanterie et il est originaire de Cambrai, où il est horloger, comme son père. Mais cette ville est dans la zone occupée par les Allemands et, depuis un an, le pauvre soldat n'a reçu aucune nouvelle de sa famille. Il ne sait même pas si ses parents habitent toujours leur maison, s'ils sont en bonne santé, si leur magasin du rez-de-chaussée est ouvert, ou si tout a été bombardé. Au début de la guerre, il écrivait chez lui, mais toutes ses lettres sont restées sans réponse. Il a fini par ne plus écrire… Beaucoup de soldats qui viennent des régions occupées sont dans le même cas. Nous avons passé la matinée à lui écrire et demain nous devons chacune apporter de quoi lui faire un colis. Je vais lui donner des chaussettes.

Notre filleul s'appelle Maurice Lemaire.

Samedi 20 novembre 1915

Je suis allée au cinéma ! C'est incroyable, magique, envoûtant, exaltant…

Je relis ces mots que je sens un peu ridicules, mais je n'arrive pas à trouver les termes justes pour décrire ce que j'ai vécu hier. Henri, arrivé il y a deux jours en permission pour une semaine, a proposé de m'emmener voir les deux premiers épisodes du nouveau film de Louis Feuillade, *Les Vampires*. Juste avant le début de la guerre, Henri et des camarades avaient vu tous les épisodes de *Fantomas*, créé par Louis Feuillade, et ils avaient adoré. Maman a commencé par refuser catégoriquement, sous prétexte que le cinéma n'est pas une distraction pour une jeune fille comme il faut. Mais Henri a insisté, moi j'ai supplié, et papa est intervenu en ma faveur.

— Comme il faut ou pas, avec cette fichue guerre, des distractions, Geneviève n'en a guère, a-t-il objecté. Chaperonnée par son frère, elle ne risque rien. Et si tu y tiens, Henri peut mettre son uniforme pour qu'elle ait l'air mieux accompagnée !

— Bon, bon, puisque tout le monde s'y met, j'accepte, a consenti maman. J'espère qu'elle n'aura pas peur.

Je n'ai pas eu peur du tout. Nous sommes allés en tramway jusqu'aux Batignolles. Bien placés dans nos fauteuils de théâtre au centre de la salle, nous avons attendu que les violons et le piano s'accordent dans la fosse d'orchestre. Puis on a baissé les lumières et nous avons vu les actualités. Sous mes yeux défilaient nos soldats avec leur barda. Ils ont une drôle de démarche un peu saccadée. Nous avons vu un village détruit par les Allemands en Alsace, et dans le jardin d'une des rares maisons restées debout, des soldats français faisaient la classe sous un arbre en fleur à un groupe

d'enfants, puis un colonel a remis des décorations…
Après, nous avons vu l'intérieur d'une usine d'armement. J'ai tout de suite pensé à Rose et à Germaine.
Des femmes souriaient à la caméra en vérifiant la
forme des obus qu'elles venaient de tourner…

Les images d'actualités se sont éteintes et *La Tête
coupée*, premier épisode des *Vampires*, a commencé.
Les Vampires, ce sont une bande de malfaiteurs qui
se nomment ainsi et ne reculent devant rien. Il y a
même une femme parmi eux, Irma Vep, qui se déguise
en collant noir des pieds à la tête pour qu'on ne la
reconnaisse pas. Le plus incroyable, c'est quand une
voiture roule ou que des personnages courent : on
a vraiment l'impression qu'ils vont entrer dans la
salle… Après l'entracte, le deuxième épisode, *La
Bague qui tue*, a commencé. Je l'ai préféré encore au
premier. Quand le journaliste était enlevé en automobile à la sortie du théâtre et conduit par des hommes
en cagoule dans le fort isolé, je me demandais vraiment comment il allait pouvoir s'en sortir… J'ai mis
longtemps à m'endormir hier soir, je voyais les images
défiler devant mes yeux…

Mercredi 24 novembre 1915
Tout Paris est couvert d'affiches pour inviter les
gens à souscrire à l'emprunt de la Victoire, entre
demain et le 5 décembre. Au collège, Jules a participé
à un concours de dessin sur ce thème. Il a peint deux

grandes ailes bleues qui se referment sur un casque à pointe et l'étouffent.

Jeudi 25 novembre 1915

Marie-Louise se plaint que tout augmente. Le chou est à 13 francs, au lieu de 4 avant la guerre, et la viande a dépassé 2 francs la livre.

Mercredi 1ᵉʳ décembre 1915

Nous avons reçu une lettre de notre filleul. Mᵐᵉ Fleuriot nous l'a lue à haute voix, puis elle a fait circuler la lettre. Je l'ai recopiée :

Mes chères demoiselles marraines,

Si vous saviez comme mon cœur a été touché lorsque j'ai appris que j'avais tant de marraines à la fois. Une classe entière. C'est beaucoup pour un simple caporal. Je vous remercie pour votre colis. J'ai bien chaud avec le cache-nez, la cagoule et les chaussettes, j'ai partagé le tabac et les victuailles avec les camarades. Nous sommes au repos depuis trois jours. Alors j'ai le temps de vous remercier. C'est dur pour nous autres des régions occupées par l'ennemi de ne pouvoir prendre de nouvelles de nos familles. On se fait du souci pour les parents, pour l'atelier. Je suis bien content de pouvoir écrire à quelqu'un, comme les autres. Mes chères Mesdemoiselles marraines, je vous salue respectueusement.

Votre dévoué Maurice Lemaire.

Mᵐᵉ Fleuriot va essayer d'obtenir une permission pour notre filleul après Noël.

Samedi 25 décembre 1915
Deuxième Noël de guerre, sans André, sans Henri. Messe. Courte promenade au parc Monceau. Jules a acheté une épingle à cravate de la Journée des poilus. L'argent récolté permettra à des soldats sans foyer d'avoir une permission.

Samedi 1ᵉʳ janvier 1916
Le général Gallieni, ministre de la Guerre, a tenu un discours devant le Sénat dont le texte que voici est affiché à Paris comme dans toutes les villes et tous les villages de France.

La France, il y a dix-huit mois, voulait la paix ; elle voulait la paix pour elle et pour les autres. Aujourd'hui, elle veut la guerre, elle la veut de toute son énergie, elle y applique toutes ses forces, toutes ses ressources, elle y emploie tous ses enfants, les vieux, les jeunes, les femmes elles-mêmes. Celui-là qui, dans la rue ou dans l'atelier, prononce le mot « paix » est considéré comme un mauvais citoyen par tous, des blessés fiers de leurs membres mutilés, des veuves qui ne pleurent pas leurs morts, mais qui demandent qu'ils soient vengés.

Mais moi, je désire la paix, rien que la paix et je suis peut-être une mauvaise citoyenne, mais tant pis.

Si seulement la guerre pouvait être finie avant l'année prochaine. Nous avons reçu une lettre d'André pour nous souhaiter une bonne année. Il ne dit rien de lui, comme d'habitude, mais parle de ses hommes. Un caporal qu'il apprécie beaucoup a été évacué à cause d'un pied gelé. Depuis deux semaines, sa semelle tenait à son soulier ficelée avec une chemise en charpie. Lorsque le régiment a reçu les nouveaux brodequins de l'intendance, c'était trop tard! André pense que son régiment doit descendre vers le sud. Sans doute dans les Vosges, d'après papa.

Mercredi 5 janvier 1916
Demain arrive notre filleul Maurice Lemaire, pour une permission de quatre jours. Il logera chez Mme Fleuriot. J'ai hâte de voir à quoi il ressemble. Nous avons préparé un petit discours de bienvenue, Blanche a été choisie pour le lui lire et Mme Fleuriot a prévu ensuite une galette des Rois…

Jeudi 6 janvier 1916
Première journée avec notre filleul. Lorsqu'il est arrivé, nous nous sommes levées, Mme Fleuriot nous a présentées l'une après l'autre. Je suis certaine que Suzanne et Guillemette avaient mis de la poudre ! C'est ridicule. Le caporal Lemaire n'est pas très grand, blond, avec les yeux bleus très clairs et une mous-

tache rousse. Il parle peu, et avec un drôle d'accent. Blanche a très bien lu le compliment que nous avions préparé, mais elle était écarlate.

— J'ai bien senti que je rougissais, m'a-t-elle dit après, est-ce que cela ne s'est pas trop vu ?

Évidemment, je lui ai promis que je n'avais rien remarqué…

Samedi 8 janvier 1916
Aujourd'hui, toutes les filles de la classe, sauf deux, en deuil de leur père et de leur frère morts il y a un mois, ont accompagné Maurice Lemaire voir la tour Eiffel, escortées de Mme Fleuriot et de Mlle Vigier, le professeur de physique. Nous sommes montés à treize dans le tramway. Nous étions un peu serrés.

Chaque fois que je vois la tour Eiffel, je pense à ma grand-mère qui la détestait, trouvant que cette gigantesque sauterelle de ferraille n'avait rien à faire dans le paysage de Paris. Pendant la grande crue, il y a six ans, la rumeur avait circulé que ses piliers étaient noyés et qu'elle allait s'effondrer. Grand-mère était enchantée !

Nous n'avons pas eu le droit de monter dans la tour, les étages étant réservés aux soldats de garde, prêts à tirer en cas d'attaques de zeppelins. Nous craignions que notre filleul soit déçu. Pas du tout. Il restait là, debout, sans bouger, la tête levée vers le monstre de fer, perdu dans ses pensées. Nous n'osions pas l'interrompre, pourtant nous commencions à avoir froid.

– Voyez-vous, mesdemoiselles marraines, nous a-t-il avoué, je ne me lasse pas de regarder ces jambes de fer parce qu'elles me rappellent un peu les rouages de mes horloges. Ah, le métier manque, tiens, a-t-il ajouté.

Demain, notre filleul part retrouver son régiment, quelque part en Lorraine.

Dimanche 30 janvier 1916

Un zeppelin a réussi à suivre le cours de la Marne et à survoler Paris. Hier soir, vers dix heures, nous avons entendu les clairons et nous sommes descendus à la cave. Il a jeté ses bombes sur le XXe arrondissement, et l'une d'elles a détruit une station du métropolitain. Il y avait encore beaucoup de monde dehors à cette heure-là. Il y a plus de soixante-dix victimes. C'est horrible.

Lundi 31 janvier 1916

Ils sont revenus cette nuit. Papa, qui rentre de plus en plus tard, était encore à l'hôpital. Maman voulait que nous descendions à nouveau à la cave, mais Jules a refusé net. Elle s'est fâchée. Il a crié. Elle a cédé, et nous avons regardé le spectacle par la fenêtre. Il y avait plein d'éclairs, des déchirures comme du tonnerre, en plus sec. Les cheminées faisaient des taches sombres.

Je ne devrais pas l'écrire, mais j'ai trouvé cela beau.

Ce matin, j'ai lu le journal. Cette fois, il n'y a pas eu de victimes, a priori, mais beaucoup de dégâts en banlieue.

Vendredi 11 février 1916

Nous avons reçu une bonne lettre d'Henri, hier. Il a été affecté à une ambulance automobile chirurgicale qui tourne dans la région de Verdun. Il va assister les chirurgiens, surveiller la stérilisation des instruments, les réserves de pansements, conduire les blessés dans les camionnettes radiologiques, « les petites Curie », comme on les appelle désormais…

D'après papa, les blessés sont beaucoup mieux soignés aujourd'hui qu'au début de la guerre. Il m'a expliqué que des hôpitaux sont maintenant installés le plus près possible du front et d'une voie ferrée. Les blessés sont triés. Les cas les plus graves sont opérés ou soignés sur place, et les autres évacués en trains sanitaires vers tous les hôpitaux de l'intérieur. Les autochirs comme celle d'Henri se déplacent en fonction de l'afflux des blessés. Elles sont composées de trois voitures, l'une équipée d'une machine à vapeur pour stériliser, l'autre de matériel radiographique, la troisième transporte la pharmacie. Les planches d'une baraque terminent le chargement. Sitôt arrivées là où l'urgence les appelle, les équipes sanitaires montent la baraque du bloc opératoire en trois heures.

Maman est si contente qu'Henri ne soit plus brancardier ! Il sera beaucoup moins exposé.

Jeudi 24 février 1916
Il a neigé. Le parc Monceau est tout blanc.

Vendredi 25 février 1916
Les Allemands ont bombardé la ville de Verdun. Il n'y a plus que des ruines. Ils harcèlent les tranchées françaises. Nous ne savons pas exactement où est Henri, mais il doit être débordé de blessés. Heureusement qu'André, lui, est plutôt du côté des Vosges.

Mercredi 8 mars 1916
Aujourd'hui, c'est le jour des Cendres. Les attaques dans la région de Verdun sont terribles. Le général Pétain a pris la défense du secteur. Les communiqués disent que nos troupes résistent. Est-ce bien vrai ? En classe, nous continuons à tricoter pour les soldats. Maman est maintenant trois jours par semaine place Saint-Ferdinand où elle reçoit et trie tout ce qui part dans les colis : savons, chandails, bretelles, tricots, boîtes de bœuf, lait condensé, nouilles, extrait de café, tapioca…

Jeudi 16 mars 1916

Les combats à Verdun sont d'une telle violence que le commandant en chef des armées, le général Joffre, s'est adressé hier aux soldats :

Nuit et jour, a-t-il dit, malgré un bombardement sans précédent, vous avez résisté à toutes les attaques et maintenu vos positions. La lutte n'est pas encore terminée, car les Allemands ont besoin d'une victoire. Vous saurez la leur arracher. Nous avons des munitions en abondance et de nombreuses réserves. Mais vous avez surtout votre indomptable courage et votre foi dans les destinées de la République. Le pays a les yeux rivés sur vous. Vous serez de ceux dont on dira : « Ils ont barré aux Allemands la route de Verdun. »

Samedi 22 avril 1916

Ça y est ! Il y a trois jours, le président Wilson a adressé un ultimatum aux Allemands : qu'ils arrêtent de torpiller les bateaux de commerce pleins d'Américains, ou ces derniers risquent de rompre les relations diplomatiques avec eux. André nous a écrit qu'il ne pouvait toujours pas prendre de permission. Il n'est pas revenu depuis octobre. Pourtant, les soldats ont droit à cinq jours, tous les quatre mois. Je me demande s'il ne préfère pas rester là-bas…

Mercredi 26 avril 1916

On croise maintenant beaucoup de soldats de nos pays alliés dans les rues. Des Anglais et des Italiens, qui combattent à nos côtés, menés par Peppino Garibaldi, ont donné un concert avec les musiciens de la Garde républicaine au Trocadéro. Blanche a pu y aller avec ses parents. Ça a dû leur changer les idées, parce qu'ils sont sans nouvelles de Vincent depuis deux semaines. Ils commencent à s'inquiéter.

Vendredi 5 mai 1916

Mme Fleuriot est venue chercher Blanche pendant le cours de géométrie. Celle-ci a pâli. Nous nous sommes toutes raidies. Un quart d'heure plus tard, elle est repassée chercher ses affaires. Je lui ai soufflé :

– Vincent ?

Elle a hoché la tête, doucement, puis elle a ramassé son cahier, son porte-plume, sa sacoche et elle est partie.

J'aurais aimé courir chez elle en sortant de classe. Je n'ai pas osé.

Lundi 8 mai 1916

Vincent est tombé à Verdun. Je l'ai appris par Henri, qui l'a vu juste avant sa mort, et nous le raconte dans sa dernière lettre, écrite à la hâte :

Les blessés graves affluent par centaines. Nous devons parfois laisser de pauvres types plusieurs heures sur des brancards à même le sol car nous n'avons pas assez de lits. Les chirurgiens opèrent quinze heures d'affilée. J'ai l'impression que les plaies sont plus terribles de jour en jour... Nous ne sentons même plus notre fatigue.

Vincent, le frère de Blanche, l'amie de Geneviève, a reçu un éclat d'obus dans la poitrine. Il a été opéré dans mon service, mais son poumon était trop abîmé... J'ai pu le voir à temps et je lui ai promis qu'à ma prochaine permission, je remettrais à sa mère la médaille de baptême qui ne le quittait pas. Si Geneviève veut bien prévenir ses parents...

Mercredi 10 mai 1916

Blanche est revenue en cours ce matin avec une jupe noire sous son tablier beige. Je lui ai parlé de la lettre d'Henri. Elle était soulagée à l'idée que Vincent n'est pas mort comme cela tout seul sur le champ de bataille...

Dimanche 28 mai 1916

Les combats ont encore repris à Verdun, autour des forts de Douaumont et de Vaux. Combien y a-t-il eu de morts là-bas depuis le début de l'année ? Les journaux parlent de dizaines de milliers de morts du côté allemand mais, comme dit papa, ils se gardent bien de chiffrer nos pertes…

Dimanche 4 juin 1916

Jules est allé aux Invalides avec un de ses professeurs défiler devant la dépouille du général Gallieni, disparu il y a quelques jours. Il m'a dit qu'une queue immense attendait en silence pour que chacun puisse s'incliner devant le cercueil du défenseur de Paris gardé par quatre officiers sabre au clair et quatre poilus casqués. Dans la cour d'honneur des Invalides, Jules a vu les canons et les mitrailleuses pris à l'ennemi à la bataille de la Marne.

Jeudi 15 juin 1916

Henri est tombé. Fauché par une balle perdue en aidant un brancardier à rapatrier un blessé. Il ne rapportera jamais la médaille de Vincent. Il ne m'emmènera plus au cinéma. Il ne fera plus danser ma mère. Il ne sera jamais médecin comme mon père.

Lorsque maman a ouvert la porte à l'employé de la mairie ce matin, lorsqu'elle a vu son haut-de-forme et ses gants noirs, elle a crié :

— André !

— Je crois, madame, qu'il s'agit du caporal Henri Darfeuil, a bredouillé l'employé.

— Mais ce n'est pas possible, a-t-elle murmuré, ce

n'est pas possible, il est assistant du chirurgien, vous comprenez, ce n'est pas possible...

J'ai pris l'avis officiel, congédié l'employé qui ne servait plus à rien et fait asseoir doucement maman dans le salon. Je suis allée chercher Jules dans sa chambre. Je l'ai serré dans mes bras. Lui aussi a crié :

– André !

J'ai secoué la tête.

– Non, Henri.

Je lui ai demandé de rester auprès de maman, j'ai pris mes gants et mon chapeau et je suis sortie. J'ai marché jusqu'au Grand Palais. Là, j'ai demandé le docteur Darfeuil. Papa est arrivé. Je lui ai dit très vite :

– Henri est mort.

Il a baissé la tête, les épaules, comme s'il allait se mettre en boule sous le poids de la douleur. Cela n'a duré que quelques secondes. Il s'est redressé, m'a effleuré la joue.

– Ma grande, a-t-il dit, je ne peux pas rentrer tout de suite. On m'attend pour opérer, une urgence. Tu comprends ?

Oui, je comprenais.

– Retourne t'occuper de ta mère et de ton frère. J'arrive dès que possible.

Samedi 11 novembre 1916
Aujourd'hui, j'ai seize ans. Pour la première fois, Henri ne me souhaitera pas mon anniversaire.

85

Depuis que mon frère est mort, je n'ai pas eu le courage d'ouvrir ce cahier. Je n'avais plus rien à dire, ni à écrire.

Mais aujourd'hui, en ouvrant le tiroir de ma table, je l'ai vu, je l'ai pris, je l'ai ouvert, je l'ai lu… et cela m'a donné à nouveau l'énergie d'y raconter notre pauvre vie de guerre…

Cet été, nous sommes quand même allés à Houlgate quelques longues, interminables journées. Alphonsine passe la semaine chez sa voisine. Elle ne quitte guère son fauteuil. Elle parle peu, sauf quand le père Sanrefut vient la voir et qu'ils se racontent leurs souvenirs des moissons achevées à la hâte avant la pluie, des années à pommes et des années sans pommes, de la vache toujours malade, et de celle qui donnait tant de lait…

Le dimanche, Germaine vient chercher sa mère et la conduit à la ferme, que n'emplit plus le bruit des bêtes. Le soir, elle la ramène chez les voisins et repart en carriole pour Dives, tourner ses obus.

Hubert Dugars est tombé à Verdun, le frère de Berthe aussi. Elle a changé. Quand je l'ai vue cet été, elle avait perdu cet air supérieur qui m'agaçait tant. Nous nous sommes promenées le long de la plage. Berthe rêve de devenir infirmière. Elle sera peut-être acceptée l'an prochain dans un hôpital auxiliaire à Bordeaux.

Depuis le mois de septembre, mon père n'opère plus au Grand Palais, mais tout près de chez nous, à l'hôpital de la rue de la Jonquière, où s'est ouvert un service de chirurgie pour les blessés de la face. Heureusement, la grande offensive dans la Somme semble terminée. Début juillet, nos troupes et celles des Anglais ont envoyé un déluge de feu sur les positions ennemies, croyant pouvoir percer les lignes allemandes. La défense a été plus efficace que prévu et, tout l'été, des bataillons entiers de nos fantassins ont été fauchés. Dès qu'ils évoquent nos pertes, les journaux restent très évasifs. Mais, depuis trois mois, papa a vu affluer les blessés. D'après lui, les hôpitaux sont pleins sur tout le territoire.

Ma mère s'est engagée à la cantine de la gare Saint-Lazare où elle distribue des sandwichs, du bouillon, des renseignements et du réconfort aux soldats qui débarquent. Elle ne supportait plus de rester à la maison, suspendue au courrier d'André et tressaillant au moindre bruit de pas dans l'escalier, pouvant annoncer sa mort. Les trois journées passées place Saint-Ferdinand ne lui suffisaient plus.

Jules et moi sommes souvent seuls avec Marie-Louise qui bougonne dans sa cuisine. Paris, lui, n'a pas changé. À part quelques bus supplémentaires remis en circulation, et une nouvelle section du métropolitain ouverte en juillet entre l'Opéra et le Palais-Royal. Cafés et restaurants restent ouverts sur les boulevards, mais on croise partout des femmes en deuil et des militaires.

Je suis entrée en cinquième année au cours Fleuriot, avec Blanche. Maintenant, la plupart des filles ont perdu un frère ou leur père. Nous avons des nouvelles régulières de notre filleul, Maurice Lemaire, auquel nous envoyons toujours des colis qu'il ne manque jamais de partager avec les autres soldats. Tous les mardis après-midi, nous découpons de vieux draps pour faire des pansements. J'aime bien ce moment, nous avons le droit de bavarder…

Dimanche 19 novembre 1916
L'éclairage des magasins vient d'être réduit… Après six heures du soir, ils ne doivent être éclairés qu'à la bougie ou à l'huile, hormis ceux d'alimentation. Il faut garder tout le charbon nécessaire aux usines qui forgent les armes pour la France. Chacun est invité par le gouvernement à limiter son chauffage et ses lumières. Dès cinq heures, les rues sont lugubres.

Mercredi 13 décembre 1916
Quelle triste fête de la Lumière cette année, l'électricité et le charbon viennent d'être encore réduits.

Lundi 25 décembre 1916
Premier Noël sans Henri. Je me suis retenue de pleurer pendant toute la messe.

Vendredi 12 janvier 1917

Hier, j'ai accompagné Marie-Louise faire les courses. Cela devient trop compliqué pour elle toute seule. Nous avons fait près d'une heure de queue dans le froid devant la vitrine du boucher… qui n'avait plus de viande fraîche lorsque notre tour est arrivé. Nous avons pris de la viande congelée qui vient d'Argentine. Marie-Louise était furieuse :

– Ça, du bœuf ! Ça n'a même pas de couleur…

Nous sommes ensuite parties réserver un sac de charbon boulevard de Courcelles. Une foule de ménagères entourait la charrette du charbonnier. Quand notre tour est enfin venu, il nous a expliqué que, son apprenti étant malade, il ne livrait plus le charbon…

– Reste là, ai-je dit à Marie-Louise, et garde notre place !

J'ai couru jusqu'à la maison chercher Jules.

À nous trois, moitié tirant, moitié portant, nous sommes parvenus à traîner le sac de charbon jusqu'à notre immeuble, et à le monter dans la cuisine par l'escalier de service. C'était épuisant.

Lundi 22 janvier 1917

Il gèle. Jules s'est fait exclure une journée du collège ; cet idiot s'est battu à coups de stalactites avec un garçon de sa classe. Maman a dû aller le chercher chez le censeur. Elle était furieuse ! Jules est privé de sorties jusqu'à la fin du mois de février. J'ai l'impression qu'il s'en fiche. Et, au fond, je le comprends. À quoi cela sert-il d'être enfermés dans des collèges et des écoles à apprendre le latin et la grammaire quand nos hommes vont se faire tuer dans les tranchées ? À quoi cela sert-il d'étudier quand toutes nos vies ne sont plus qu'une longue souffrance ? J'envie Jules d'avoir encore assez d'insouciance pour se battre.

Vendredi 2 février 1917

C'est la Chandeleur la plus froide dont je me souvienne. Il fait −10 ° depuis une semaine et il a neigé jusqu'à Nice. Dans l'Est, c'est bien pire. Je ne sais pas comment survivent nos pauvres soldats. Nous avons reçu une longue lettre d'André avant-hier. Il était au repos dans un village. Un vieux fermier – dont, par miracle, tout le foin n'avait pas été réquisitionné – a ouvert sa grange aux hommes qui s'y sont couchés avec joie. Pendant ce temps, la femme du fermier a préparé une chambre pour André et les autres officiers, et disposé des matelas autour de la cheminée.

Du feu et un lit ! écrit mon frère. *Jamais depuis le début de cette maudite guerre nous n'avons aussi bien dormi !*

Pourvu qu'il reste le plus longtemps possible dans ce village et qu'il ne soit pas déjà reparti par ce froid en première ligne.

Ici, cela m'étonnerait que grand monde fasse des crêpes, car il y a peu de sucre et, passé onze heures, le crémier n'a plus ni lait ni beurre. D'ailleurs, depuis quelques jours, un arrêté interdit aux restaurants de servir plus de deux plats par personne, les entremets sont aussi supprimés des menus. Dans toute la ville, des sacs de dix kilos de charbon sont distribués gratuitement aux personnes âgées et aux femmes seules. C'est une bonne idée. Malheureusement, il n'y en a pas assez : maman est passée devant un lieu de distribution, rue Rennequin. Une longue file de femmes de tous âges, d'enfants transis de froid attendaient patiemment que la distribution commence. Trois charrettes pleines de sacs sont arrivées. En cinq minutes, elles étaient vides et seule la moitié de la queue était servie. Maman a eu le cœur serré à l'idée que ces mères et ces enfants allaient rentrer chez eux épuisés, glacés et sans rien pour se chauffer.

Les Allemands ont annoncé que leurs sous-marins torpilleraient désormais tous les bateaux de commerce qui s'approcheraient de la France, de l'Angleterre ou de l'Italie, peu importe leur nationalité ! Papa dit que les Américains ne peuvent pas accepter cet affront !

Mardi 6 février 1917
Cette fois, pour enrayer la pénurie de sucre, le préfet de police a ordonné la fermeture des maisons de

thé et des confiseries deux jours par semaine. Cela m'est bien égal, je n'y vais jamais !

Maman et papa sont aussi fatigués l'un que l'autre. Ma mère partage toujours ses semaines entre le tri des colis place Saint-Ferdinand et la gare Saint-Lazare où elle sert des soupes à des milliers de soldats. Mon père ne vit plus que pour ses blessés de la face. Le soir, il rentre si tard maintenant que nous dînons rarement avec lui. Depuis la mort d'Henri, il fuit les repas en famille. Il préfère dîner seul dans la cuisine que Marie-Louise a désertée à cette heure tardive… Parfois ma mère va le retrouver et le gronde gentiment :

– Mais, Eugène, tu manges encore debout ! Assieds-toi au moins !

– Ne t'inquiète donc pas, répond-il souvent, j'ai déjà fini.

En vérité, il ne se nourrit presque plus, comme si ses recherches lui suffisaient. Tard dans la nuit, il travaille dans la salle à manger, enveloppé dans une couverture pour lutter contre le froid. Il dessine et met au point des prothèses pour les blessés de la face qu'il opère à l'hôpital de la Jonquière.

– Chaque cas est différent, m'a-t-il expliqué une fois. Cette guerre mutile les hommes avec un art infini ! Je dois recomposer un visage, une identité à chacun. Il le faut. Je dois trouver comment combler ces trous béants qui ont remplacé les os des mâchoires et du front, le cartilage du nez, les muqueuses de la bouche, les chairs des joues… Je dois réparer, les réparer pour leur permettre de survivre…

J'aimerais tant qu'il m'autorise à venir soigner ses blessés, le jeudi. Même si c'est sans doute un spectacle éprouvant. Mais il refuse. Il dit que je suis trop jeune. Pourtant, l'année prochaine, si la guerre n'est pas encore finie, je veux devenir infirmière. À l'hôpital 122, où opère papa, rue de la Jonquière, il y a justement une formation d'infirmière adjointe. Cette école, tout comme l'hôpital, est dirigée par l'Union des Femmes de France, l'association où travaille maman. Cela facilitera peut-être les choses. J'aurai dix-sept ans, après tout, et j'ai lu l'autre jour dans *Le Figaro* qu'une fille de colonel avait réussi à s'engager comme infirmière à quinze ans ! De toutes les façons, je ne veux pas aller faire une sixième classe au lycée Racine. Blanche en a envie, mais pas moi. Cela m'est bien égal de passer mon baccalauréat, j'ai envie de soigner, de soulager les blessés, de servir enfin à autre chose qu'à tricoter des chaussettes et des cache-nez !

Jules vient de rentrer avec le journal du soir : les États-Unis ont rompu leurs relations diplomatiques avec l'Allemagne il y a trois jours, pourvu qu'ils viennent nous aider…

Samedi 3 mars 1917

Ça y est, nous avons une carte de pain, et des tickets de sucre, pour sept cent cinquante grammes par personne et par mois, maximum. Les journaux sont pleins de recettes de gâteaux sans beurre et sans sucre, tous plus mauvais les uns que les autres, d'après Marie-Louise. Elle est d'une humeur massacrante parce que la boulangère lui a refusé deux billets de 2 francs. Il faut dire qu'à force de circuler, les billets de 1 et de 2 francs sont tous dans un état épouvantable ! Avant la guerre, c'était quand même mieux avec les pièces. L'autre jour, dans le tramway, Blanche et moi avons vu un monsieur âgé sortir tranquillement une feuille d'aluminium dans laquelle il gardait des timbres et en prendre un pour payer la receveuse !

Virginie Brachet, une fille de ma classe, a perdu son père hier. Sur les dix-sept élèves, elle était la seule à avoir encore sa famille indemne. Maintenant, nous sommes toutes pareilles. Souvent, à la récréation, nous nous promenons autour de la cour en discutant de nos morts.

Nous les partageons.

Tante Juliette nous a envoyé une photo de Guy. Bien qu'il n'ait que trois ans et demi, elle s'est décidée à lui couper ses boucles et à lui enlever ses jupes. Il a l'air d'un vrai garçon avec son costume marin. Elle nous annonce leur venue pour le mois de mai, si elle parvient à avoir l'autorisation de circuler. J'ai tant hâte de voir mon petit cousin.

Lundi 12 mars 1917

Les journaux ne parlent plus que de la Russie. Il paraît qu'une révolution a éclaté, et que le tsar Nicolas II est en mauvaise posture.

Mercredi 21 mars 1917

Deuxième jour du printemps. Le tsar de toutes les Russies a abdiqué la semaine dernière. Il est prisonnier dans son palais avec sa famille. Le gouvernement français se préoccupe du sort des soldats russes et espère qu'ils ne vont pas demander à l'Allemagne de signer une paix séparée. Il paraît que de nombreux soldats russes ont fraternisé avec l'ennemi ! S'ils n'ont plus de front à l'est de chez eux, les généraux allemands vont envoyer toutes leurs troupes chez nous ! J'ai si peur pour André à l'idée de toutes ces nouvelles divisions allemandes déferlant sur notre armée. Comme si nos troupes n'avaient pas déjà assez à faire avec celles qui sont là !

Marie-Louise se passionne pour les enfants du tsar.

– Je suis toute retournée, m'a-t-elle dit tout à l'heure. Pensez-vous, des jeunes filles de votre âge aux mains de ces révolutionnaires. Et le garçon, un pauvret, plus jeune que votre frère, et malade avec cela. C'est quand même une honte !

Lundi 26 mars 1917

Les Allemands reculent, enfin, mais ils mettent le feu à tous les villages qu'ils quittent et vont jusqu'à couper les arbres pour humilier encore plus les habitants. Depuis hier, tous les élèves de France sont en vacances avec une semaine d'avance pour qu'ils puissent planter des pommes de terre…

Lundi 2 avril 1917

Il fait un temps magnifique, enfin, après cet hiver si froid. Rose est venue nous voir dimanche, tout émue. Elle va se marier ! Avec un jeune homme qu'elle a rencontré aux usines Renault à Billancourt. Soudeur là-bas avant la guerre, il a eu un bras arraché sur la Somme en 1915. Il est réformé et, après plusieurs mois de rééducation, il a pu reprendre son travail à l'usine et soude avec son unique main en binôme avec un autre ouvrier qui ne le quitte jamais. Maman a dit à Rose de nous l'amener un dimanche de printemps pour que nous fassions sa connaissance, mais je suis certaine qu'il est très gentil. Rose avait l'air si amoureuse ! Comme cela doit être doux, de savoir qu'un jeune homme pense à vous sans cesse…

Lundi 23 avril 1917

Les États-Unis sont entrés en guerre contre l'Allemagne hier. Les Américains et leur matériel s'apprêtent à traverser l'Atlantique pour venir nous aider à combattre les Boches, comme dit mon frère Jules. Cette fois, j'en suis sûre, la guerre va bientôt finir. Peut-être avant Noël...

Oh, mon Dieu, faites qu'André tienne jusque-là !

Mercredi 2 mai 1917

Nous sommes sans nouvelles de notre filleul depuis plusieurs semaines déjà. Mme Fleuriot a essayé de se renseigner, sans succès...

Mardi 15 mai 1917

Voilà, nous savons enfin où est Maurice Lemaire. À l'hôpital auxiliaire d'Orléans. Il a été blessé le 18 avril dans l'offensive du Chemin des Dames, près de Reims, et transporté là-bas après avoir reçu les premiers soins près du front. Une religieuse a écrit de sa part à Mme Fleuriot. Celle-ci nous a lu sa lettre tout haut. Je la recopie pour ne pas l'oublier :

Chère Madame, chères Mesdemoiselles marraines,

Comme vous avez dû me trouver ingrat de ne pas vous écrire depuis tant de semaines. Mais voilà, j'ai été touché à mon tour, oh ce n'est pas grand-chose à côté d'autres camarades. Un éclat d'obus dans l'œil. Mais, malgré les soins que j'ai reçus tout de suite et les infirmières qui changent mes pansements et lavent ma plaie tous les jours, un microbe s'y est mis et a atteint mon autre œil. Je ne verrai plus jamais, je l'ai bien compris. Le médecin-chef a bien essayé de me mentir mais sa voix sonnait faux... Sœur Cécile, qui vous écrit cette lettre, elle, a préféré me dire la vérité, et je lui en suis bien reconnaissant.

Je peux dire adieu à l'horlogerie, maintenant, même si l'atelier de mes parents existe toujours. Je peux dire adieu à la lumière, au ciel, aux arbres, à la couleur délicate des cyclamens qui poussaient fin août dans l'ombre de notre jardinet.

L'après-midi, quand je suis dehors sur ma chaise longue, je m'applique à me rappeler chacun de vos visages et ceux de mes parents, de mes camarades. Vous comprenez, il faut que je les apprenne par cœur pour ne pas les oublier.

Je ne pourrai plus retourner combattre pour la France, je ne sais pas encore ce que je vais faire.

Une chose m'a donné bien du plaisir, Mesdemoiselles marraines, c'est d'avoir vu la tour Eiffel avant de devenir aveugle. C'est grâce à vous. Je vous en remercie.

Votre filleul bien respectueux, caporal Maurice Lemaire.

Mme Fleuriot nous a promis qu'elle ferait son possible pour obtenir l'autorisation d'aller voir Maurice Lemaire à Orléans.

Qu'est-ce qu'il va devenir maintenant ? Comment va-t-il vivre ?

Lundi 21 mai 1917

Dans toutes les usines, et dans chaque atelier, les ouvrières se mettent en grève. Les prix sont si élevés qu'elles ne peuvent plus nourrir leurs familles.

Vendredi 25 mai 1917

Tante Juliette, oncle Gaston et Guy sont arrivés hier soir. Maman et moi sommes allées les chercher gare d'Austerlitz. Les deux premiers étaient un peu abrutis par le long voyage, mais Guy, excité à l'idée de voir Paris, a oublié toute fatigue dès qu'il a mis le pied dans le tramway. Il criait de joie à chaque tournant. Quand je suis rentrée du cours, tout à l'heure, il s'est jeté dans mes bras. Depuis qu'il est là, la maison revit. J'ai même entendu maman rire.

Dimanche 27 mai 1917

Quel beau dimanche de Pentecôte ! J'aurais tellement aimé qu'Henri soit là. Papa a offert à Guy une promenade à dos d'âne au parc Monceau puis nous sommes tous allés en tramway au jardin des Tuileries où il a fait voguer un bateau dans le bassin. Papa et l'oncle Gaston couraient autour pour rattraper le voilier qui changeait tout le temps de direction. En rentrant, Guy s'est endormi sur les genoux de tante Juliette.

Mercredi 30 mai 1917

Nos invités sont déjà repartis pour Pau ce matin. La maison semble vide. Tout le monde est de mauvaise humeur.

Jeudi 31 mai 1917

Dispute très forte hier soir entre papa et Jules. Je n'ai jamais entendu mon père crier comme cela. Pour une fois, papa était rentré suffisamment tôt de l'hôpital pour dîner avec nous. Jules venait de lire les journaux du soir qui commentaient une fois de plus les récentes mutineries dans les tranchées. Il a commencé à dire qu'il espérait bien que le général Pétain allait condamner à mort d'autres soldats et qu'il ne comprenait pas comment certains poilus pouvaient fraterniser avec des Boches. Papa s'est énervé, lui a dit de se taire, qu'il n'était qu'un gamin de quatorze ans, qu'il ne savait pas ce qu'était la guerre, qu'il n'avait pas le droit de juger les soldats qui vivaient dans les tranchées depuis trois ans… Jules a répondu que le général Pétain était un lâche, parce qu'il n'osait pas exécuter tous les déserteurs.

Papa s'est levé, a jeté sa serviette à la tête de Jules et a crié :

— Tu vas t'excuser, maintenant ! Tu n'as pas à insulter le chef des armées, tu ne peux pas imaginer la souffrance des officiers qui ont dû passer une cinquantaine de déserteurs par les armes pour servir d'exemple… J'en ai assez de voir que tu continues à rêver d'aller te battre quand ton frère est mort. Tu crois que cela m'amuse d'opérer les rescapés de l'enfer ? Tu n'as pas compris qu'il faut enfin penser à la paix, la paix, tu comprends, la paix !

Jules était devenu tout blanc, il s'est levé sans répondre, et il est parti dans sa chambre.

Vendredi 1ᵉʳ juin 1917

Ce matin, papa était déjà parti pour l'hôpital lorsque Jules et moi nous nous sommes levés. Mon frère avait sa tête des mauvais jours : il n'a même pas répondu quand maman lui a dit bonjour. J'ai failli lui en faire le reproche, mais j'ai préféré ne pas lui parler. J'aime mieux qu'il se calme tout seul ! Il a bien claqué la porte en quittant la maison. Cela m'a exaspérée parce que maman a sursauté. J'en ai voulu à cet idiot de lui faire de la peine.

Heureusement, papa est rentré encore plus tôt qu'hier. À sa façon de m'embrasser, j'ai compris qu'il avait l'intention de tout faire pour se réconcilier avec Jules. Il est allé dans la chambre de mon frère qui travaillait ses mathématiques, soi-disant. J'ignore ce qu'ils se sont dit, mais ils sont venus à table tous les deux très calmes…

Pendant tout le dîner, nous avons parlé des cultures de légumes que les lycéens ont entreprises sur les contreforts des fortifications.

Jeudi 14 juin 1917

Le général Pershing, commandant en chef de l'armée américaine, est arrivé hier en grande pompe à la gare du Nord. Mme Fleuriot, elle, est partie de la gare d'Austerlitz pour Orléans. Elle doit passer la journée d'aujourd'hui auprès de notre filleul, et rentrera demain.

Lundi 18 juin 1917

Mme Fleuriot a vu Maurice Lemaire. Elle l'a trouvé d'un courage exemplaire. Il va partir pour Bourges, où il restera quelque temps dans un centre pour soldats aveugles afin d'apprendre à se débrouiller tout seul dans la vie quotidienne. Après, on verra…

Mercredi 27 juin 1917

Hier, les premiers soldats américains ont débarqué à Saint-Nazaire.

Jeudi 26 juillet 1917

Nous voici pour quatre semaines à Houlgate. L'insupportable Jules est chez un ami de classe près de Cherbourg. J'ai invité Blanche et nous sommes seules avec maman et Marie-Louise qui râle parce que la cuisine est moins pratique que celle de Paris ! Depuis que les services sanitaires sont mieux organisés près des zones de combat, beaucoup d'hôpitaux temporaires ont fermé. Ici, seuls le Casino, rue des Dunes, et l'hôtel du Casino, rue Alexandra-Féodorovna, accueillent encore des blessés. On voit moins de militaires dans les rues.

Samedi 28 juillet 1917

Nous nous sommes longtemps promenées au pied des Vaches Noires cet après-midi toutes les deux, Blanche et moi. Pour une fois, nous n'avons même pas discuté. Nous étions bien. Je ne m'étais jamais rendu compte à quel point ces falaises sont remplies d'oiseaux de mer…

Jeudi 2 août 1917

Le père Sanrefut a sonné à la grille ce matin. Il venait nous annoncer la mort d'Alphonsine. Nous n'avions pas encore eu le temps d'aller la voir…

Dimanche 5 août 1917

Hier, nous sommes allées à l'enterrement d'Alphonsine. Elle ne reconnaissait plus personne depuis plusieurs semaines, même pas sa fille quand celle-ci descendait le dimanche. Leur maison est fermée maintenant. Germaine préfère rester à Dives jusqu'à la fin de la guerre, c'est moins fatigant pour elle. La pauvre, elle a la peau grise à force de travailler, ses cheveux sont maigres. Dire qu'enfant, j'étais jalouse de ses épaisses boucles rousses. Jusqu'à quand ma pauvre sœur de lait va-t-elle tourner des obus ? Jusqu'à quand ? Mon Dieu, cette guerre ne finira-t-elle jamais ?

Vendredi 10 août 1917

Sommes passées devant le Sporting Club. Les terrains de tennis sont recouverts d'herbe et de coquelicots rouge sang. Je n'ai pas vu Berthe. Sans doute n'est-elle pas venue cet été…

Samedi 11 août 1917

Quelle joie ! André est arrivé à Paris hier matin. Il nous a télégraphié. Il prend un train demain et vient passer ses derniers jours de permission ici.

Jeudi 16 août 1917

Jamais je n'ai prié pour la fin de la guerre comme hier à la messe du 15 août. J'en avais la tête qui tournait. André est là, presque gai. En fait, j'ai l'impression qu'il se donne surtout du mal pour être joyeux devant Blanche. Il la regarde souvent. Je crois qu'il l'aime bien… et que c'est réciproque. Ah, s'ils me lisaient, ces deux-là m'écharperaient ! ! !

Mardi 4 septembre 1917

Nous avons retrouvé Paris il y a quelques jours. Inchangé, à part une nouvelle carte de lait. Les restaurants et les cafés n'ont plus le droit d'en servir, idem pour la crème !

Mercredi 12 septembre 1917

Le capitaine Guynemer, notre meilleur as de l'aviation, a été abattu hier, aux commandes de son Spad VII, par une escadrille ennemie.

Jules était muet toute la soirée.

Lundi 17 septembre 1917

J'ai GAGNÉ ! Papa a enfin accepté que je commence la formation d'infirmière adjointe pendant que Blanche ira faire sa sixième année au lycée Racine. J'ai bien remercié ma chère maman car je crois qu'elle est pour beaucoup dans sa décision. Elle a parlé de moi à l'infirmière en chef qui dirige l'hôpital-école. Celle-ci veut bien me prendre début décembre, car il faut attendre l'anniversaire de mes dix-sept ans. D'ici là, j'irai aider ma mère les jours où elle va à la cantine de la gare Saint-Lazare. Le jeudi, une de ses amies m'a proposé de l'accompagner dans une crèche.

Lundi 8 octobre 1917

J'avais écrit à tante Suzanne pour lui annoncer que j'allais commencer ma formation d'infirmière. Elle m'a répondu, par retour du courrier :

Ma Geneviève chérie,

Comme je suis fière de ma filleule, et approuve ton choix. J'ai aussi écrit à ton père pour le féliciter de te laisser partir au service de la France, malgré ton jeune âge. Jamais, depuis trois ans, je n'ai regretté un seul jour d'avoir rejoint les services de santé. Tu verras, nos soldats blessés te rendront au centuple, par leur courage et leur abnégation, les heures que tu vas leur consacrer. Je t'embrasse de tout cœur,

Ta marraine.

Dimanche 11 novembre 1917

Je t'ai à nouveau délaissé, mon pauvre journal ! Mais le soir je suis si lasse… je n'ai pas le courage d'écrire. Aujourd'hui, j'ai dix-sept ans, cela me donne de la force. D'ailleurs, je ne devrais pas écrire ce mot, car de la force, j'en ai beaucoup plus qu'avant. Ma vie est utile, enfin. La cantine de la gare est éreintante : il faut courir en permanence dans le bruit et retenir ce dont a besoin chaque soldat, sans se tromper :

— Mademoiselle, pourrais-je avoir un sandwich ?

— Mademoiselle, où pourrais-je refaire mon bandage ?

– Mademoiselle, savez-vous d'où partent les trains pour Bordeaux ?

– Mademoiselle, serait-il possible d'avoir un café chaud, une soupe, du bouillon ?

Quand je pense que maman vient là depuis de longs mois sans jamais se plaindre de sa fatigue…

Ma journée préférée, c'est le jeudi, à la crèche de la rue Daru. La première fois, j'étais assez maladroite pour changer les langes des bébés et un peu dégoûtée, je l'avoue, devant leurs derrières trop souvent pleins de croûtes. Mais maintenant, j'ai hâte de les retrouver. Et puis les mères sont tellement contentes qu'on leur garde leurs enfants ! Si elles pouvaient se reposer pendant ce temps-là. Mais non, sitôt leurs petits déposés, elles courent dans tout Paris faire des ménages, ou de la couture.

Dimanche 2 décembre 1917

J'ai commencé hier ma formation rue de la Jonquière. L'infirmière en chef m'a remis ma tenue : une blouse blanche sur laquelle est brodée une petite croix rouge et les initiales de l'Union des Femmes de France, un tablier en pointe boutonné sur ma blouse, un voile blanc. Lorsque j'aurai achevé ma formation, en février, j'aurai le droit de porter à l'extérieur la cape de drap et le voile bleu. Nous sommes une vingtaine d'élèves. Il me semble être la plus jeune. La première chose que nous avons apprise, c'est comment désinfecter soigneusement nos mains. L'infirmière en chef nous a expliqué qu'à l'ancienne École normale, devenue depuis le début de la guerre un hôpital pour les soldats atteints de la fièvre typhoïde, plusieurs infirmières sont mortes parce qu'elles avaient négligé la désinfection de leurs mains et de leurs habits. Nous avons aussi commencé à apprendre comment préparer des pansements.

Dimanche 16 décembre 1917

Ma chambre est glacée, je n'arrive pas à retenir mes cours : j'ignorais à quel point les appareils circulatoire, respiratoire et digestif de l'être humain sont compliqués ! Je suis plus à l'aise à l'hôpital pour changer un pansement, verser de l'iode, ou préparer un médicament. Je vais aller devant le poêle du salon, peut-être parviendrai-je mieux à apprendre ?

En Russie, les bolcheviques, qui ont pris le pouvoir, ont signé un armistice avec l'Allemagne et l'Autriche-Hongrie.

Mardi 18 décembre 1917

André sera avec nous pour Noël, il vient de nous l'annoncer par lettre. Quelle grande joie. Le premier Noël avec lui depuis quatre ans ! Si seulement Henri ne me manquait pas autant.

Samedi 22 décembre 1917

Je suis en vacances pour deux semaines. André est là. Hier après-midi, thé ici avec Blanche et ses parents. Tout le monde était gai, malgré tout. Jules lui-même était aimable.

Mardi 25 décembre 1917

Notre quatrième Noël de guerre est terminé. Je n'ose même plus croire que cela puisse être le dernier. Demain, je vais avec André déjeuner chez Blanche. Ses parents nous ont invités. Mon amie et mon frère ont du mal à se quitter des yeux.

Je suis heureuse pour eux.

Mercredi 2 janvier 1918

Brève carte de tante Suzanne au courrier. Débordée, comme toujours. Elle nous souhaite « *une année qui voie enfin la victoire de la France !* ». Faut-il encore l'espérer ?

Dimanche 27 janvier 1918

Il fait vraiment froid dans l'appartement. Avec le rationnement, nous avons à peine suffisamment de charbon pour chauffer le poêle de la cuisine et du salon. Le matin, j'ai du mal à sortir de mon lit pour être à huit heures rue de la Jonquière. Depuis hier, nous avons des tickets de pain, comme dans toutes les villes de plus de vingt mille habitants. Chacun a droit à trois cents grammes par jour. Maman a tout de suite rassuré Jules : elle lui donnera la moitié de sa propre portion. Dans une semaine, je serai infirmière adjointe. Depuis plusieurs jours, je participe déjà aux soins : j'aide à refaire les lits des soldats qui ne peuvent pas encore se lever. Il faut être à la fois rapide et douce, pour qu'ils souffrent le moins possible. Hier, c'est moi qui ai distribué le courrier. Comme ils ont l'air contents quand on leur tend une lettre ! Je ne regrette pas du tout le lycée Racine. Je laisse Blanche se passionner pour le latin et les mathématiques !

Jeudi 31 janvier 1918

Cette nuit, ils ont envoyé les Gotha, leurs bombardiers, sur Paris. Cela nous ferait presque regretter les zeppelins. Le bruit était assourdissant, il y avait de la fumée, des incendies vers le nord. Nous sommes descendus à la cave.

Malgré le manque de sommeil, tout le monde était à l'hôpital ce matin. Une infirmière m'a dit que les journaux parlent de soixante morts et de près de deux cents blessés. L'avenue de la Grande-Armée et la rue du Quatre-Septembre sont les plus touchées.

Jeudi 7 février 1918

Un décret publié hier oblige les habitants des immeubles de plus de quatre étages à descendre dans la cave en cas d'alerte. Pour les autres, des abris publics seront signalés dans chaque quartier par une pancarte indiquant le nombre de places qu'ils comportent. Les stations de métro les plus profondes resteront aussi ouvertes. Le préfet de police a demandé également que les cloches soient sonnées pour signaler la fin des alertes : il veut être certain que tout le monde ait entendu !

Mardi 12 février 1918

Longue lettre de tante Juliette ce matin. Le petit Guy a été bien malade. Avec ce froid, il a attrapé une bronchite. Sa fièvre ne tombait pas malgré les cataplasmes. Pendant plusieurs nuits, sa mère n'a pas quitté son chevet, mais, grâce à Dieu, il a repris le dessus... Toujours délicate, tante Juliette a attendu d'être certaine que son fils ne soit plus en danger avant de nous écrire... Maman a pris le temps, cet après-midi, de lui acheter un livre d'images que Jules va aller poster demain...

Vendredi 22 février 1918

Hier, jeudi, Blanche n'avait pas cours, elle est venue me chercher à la sortie de mon service à l'hôpital. Nous sommes rentrées en bavardant jusqu'à la maison où Marie-Louise nous a servi une tisane bien chaude. Blanche a des nouvelles de Maurice Lemaire, par Mme Fleuriot. Elle est allée rendre visite à notre ancienne directrice pour lui montrer le beau carnet de notes qu'elle a obtenu au lycée Racine. Notre filleul n'a toujours pas quitté Bourges. Après quelques semaines dans son centre de rééducation, on lui a proposé une place dans une maison que se partagent quatre aveugles de guerre, aidés par une infirmière. La journée, ils fabriquent, contre un petit salaire, des objets en vannerie. Mme Fleuriot l'a vu il y a quinze jours. Il ne se plaint pas mais elle l'a trouvé bien triste et silencieux. Il se fait tant de souci pour ses parents dont il n'a toujours aucune nouvelle.

Samedi 9 mars 1918

Ils sont revenus cette nuit avec leurs Gotha. Cette fois, les bombes ont touché beaucoup d'immeubles. Des enfants ont été écrasés sous les décombres.

Mercredi 13 mars 1918

Nouvelle nuit de terreur, hier. Les journaux d'aujourd'hui parlent d'une centaine de morts et de plus de deux cents blessés... Des familles entières ont été étouffées dans la station de métro Bolivar. Qu'allonsnous devenir ?

Vendredi 15 mars 1918

Cet après-midi, nous avons entendu un bruit sourd, les vitres de ma salle ont tremblé et l'une d'elles a éclaté, projetant des morceaux de verre. L'un d'eux a blessé un soldat, légèrement. Nous avons guetté le bruit des trompes annonçant un raid ennemi, mais le calme est revenu.

De toutes les façons, ils ne peuvent pas envoyer leurs avions en plein jour, nos batteries les repéreraient aussitôt.

Samedi 16 mars 1918

J'ai eu l'explication de l'explosion d'hier, c'est un dépôt de grenades qui a explosé à La Courneuve. Tout autour, les maisons étaient recouvertes de fumée, les gens ne pouvaient plus respirer. Un peu partout dans la moitié nord de Paris, des vitres ont éclaté, comme à l'hôpital.

Samedi 23 mars 1918

Cette fois, ils nous bombardent en plein jour... sans que nous ayons vu un seul avion dans le ciel.

Samedi 30 mars 1918

Hier, en plein office de Vendredi saint, ils ont tiré des obus sur l'église Saint-Gervais, la voûte s'est effondrée. Il y a de nombreux morts. *Un tel crime, commis dans de telles conditions, en un tel jour et à une telle heure, soulève la réprobation de toutes les consciences*, a écrit aujourd'hui l'archevêque de Paris.

Où sont-ils ? On l'ignore, mais dans tous les cas, ils sont si près de Paris qu'ils nous tirent dessus au canon. Des obus de deux cent dix, dit Jules. Ils n'ont plus besoin d'attendre la nuit.

Maintenant, il faut s'attendre à tout.

Jeudi 4 avril 1918

Beaucoup de Parisiens ont quitté la ville par peur des Gotha. Nous restons. Papa a émis l'idée que nous partions tous les trois pour Houlgate. Pas question que maman abandonne sa cantine, Jules, ses études, et moi, mes blessés... Surtout que s'ajoutent maintenant les victimes des bombardements...

Vendredi 12 avril 1918

Lettre d'André hier ; il s'inquiète pour nous : on parle des bombardements de Paris jusque dans les tranchées de la Somme. C'est un comble !

J'ai si peur pour lui. Les communiqués sont laconiques, cela signifie que la situation est mauvaise. Depuis que les Russes ont signé une paix séparée, l'ennemi a rapatrié beaucoup de troupes du front de l'Est.

Ils auraient repris Soissons, Noyon, Péronne...

Lundi 15 avril 1918

Les avions ennemis sont revenus ces jours-ci. Une bombe est tombée sur le Petit lycée Charlemagne et une autre a crevé une canalisation de gaz. Une flamme de quarante mètres de haut a jailli. Les journaux disent que les pompiers ont eu du mal à retenir les badauds de s'en approcher.

À l'hôpital, nous nous sommes organisés pour résister aux bombardements de la Grosse Bertha, comme on appelle leur monstrueux canon. Dès qu'il tonne, les pompiers sillonnent toute la ville en cornant. Des sirènes fixes ont été installées un peu partout la semaine dernière. Il y en a une près de la gare Saint-Lazare, qu'on entend très bien de l'hôpital. Nous accompagnons les blessés les plus vaillants à la cave; les autres sont installés au rez-de-chaussée, on les protège du mieux qu'on peut avec des matelas. Lorsque sonnent les cloches de l'église Saint-Ferdinand, cela signifie que l'alerte est passée. Tout le monde remonte de la cave et on enlève les matelas. Quand ils nous trouvent inquiètes, nos blessés nous rassurent! Ces bombardements les font presque rire. Certains prétendent même que cela les distrait.

Mardi 30 avril 1918

Paris ressemble à une ville fantôme. On enveloppe tout ce qu'on peut: les statues du Louvre, les chevaux de Marly, place de la Concorde, les portails de la cathédrale Notre-Dame, la colonne Vendôme. On dépose les vitraux de la Sainte-Chapelle pour les mettre à l'abri. Les conservateurs ont mis des œuvres d'art dans les caves du Panthéon et envoyé celles qui pouvaient l'être vers la province. Marie-Louise refuse de sortir faire les courses, de peur d'être surprise par un bombardement. Je relaie maman et Jules pour faire la queue dans les magasins. On attend des heures pour pas grand-chose. Heureusement, depuis le début des bombardements, Jules a changé. Il est beaucoup plus complaisant, s'est remis au travail et aide comme il peut.

Les commerçants collent les uns après les autres des bandes de papier sur leurs devantures. Les particuliers font pareil sur les fenêtres pour éviter qu'elles n'explosent.

Mardi 14 mai 1918

Hier, les ouvriers de l'usine Renault, à Billancourt, se sont mis en grève. Ils réclament la fin de la guerre.

Vendredi 17 mai 1918

Partout, c'est la grève. À Grenoble, les vingt et une usines d'armement sont à l'arrêt ! Les journaux craignent un soulèvement général. Ici, les bombardements continuent. On entend leur bruit sourd presque tous les jours. Chacun semble s'y faire.

Mercredi 29 mai 1918

Les Allemands sont revenus au Chemin des Dames. Des dizaines de divisions transportées jusquelà de nuit... Nos troupes n'ont rien vu venir. Elles reculent jour après jour.

Devant ces mauvaises nouvelles, les ouvriers ont tous repris le chemin de l'usine.

Samedi 1er juin 1918

Les Allemands ont à nouveau atteint la Marne, comme il y a quatre ans. Ils ne seraient plus qu'à soixante kilomètres ! Vont-ils prendre Paris, cette fois ?

Jeudi 6 juin 1918

Nous avons reçu une lettre de ma marraine. Voilà longtemps que nous n'avions pas eu de ses nouvelles. Elle se reproche du reste de ne pas nous avoir écrit depuis Noël. Mais elle est maintenant responsable, avec d'autres Lyonnaises, de l'acheminement des rapatriés. Les Allemands continuent à expulser des femmes, des enfants et des personnes âgées de nos régions qu'ils occupent. Ils les mettent dans des trains à Roubaix, les font traverser toute l'Allemagne, puis la Suisse... Chaque jour, ces pauvres réfugiés arrivent par compartiments entiers à Annemasse, près de la frontière. Là-bas, ils sont accueillis, nourris. Les malades sont pris en charge et on s'occupe de leur refaire un état civil car l'ennemi ne leur permet pas d'emporter un seul papier avec eux. Des infirmières les accompagnent ensuite en train un peu partout en France pour rejoindre leurs familles, ou, à défaut, des logements provisoires dans d'anciens hôpitaux temporaires.

Tante Suzanne, qui s'inquiète pour nous à cause des bombardements, me propose de la rejoindre à Annemasse.

L'air sera toujours meilleur pour Geneviève qu'à Paris, écrit-elle. *Et elle pourra être très utile ici car beaucoup de femmes arrivent avec des enfants en bas âge dont elles n'ont plus la force de s'occuper.*

Je ne sais pas très bien si je préfère partir retrouver tante Suzanne ou rester à Paris. J'ai bien envie de changer d'air en effet, et de m'éloigner un peu des odeurs d'éther et de plaies mal refermées qui imprègnent l'hôpital. Pourtant, nous passons des heures à changer les draps des lits, laver les sols. Nos mains, à force, sont devenues rouges et rugueuses. Nous stérilisons le moindre instrument, faisons bouillir les linges et les pansements, désinfectons, encore et toujours… Depuis six mois, je n'ai jamais réussi à m'habituer à l'odeur. Chaque matin, lorsque j'entre dans la salle de mes blessés, cela me soulève le cœur et je me durcis pour ne pas le leur laisser voir. Ils sont si gentils avec moi, et si respectueux. L'autre jour, tiens, j'étais assise en train de repriser des draps, à côté d'un soldat qui avait été opéré le matin même et dont je devais surveiller le réveil. Il somnolait, s'éveillait à moitié, me regardait, geignait faiblement, et s'assoupissait à nouveau. Le médecin-chef m'avait bien dit de ne pas bouger tant qu'il n'était pas parfaitement conscient. Le temps passait, l'après-midi était déjà bien entamé, mon tas de draps avait diminué lorsque mon blessé m'a appelée :

— Mademoiselle, s'il vous plaît ?

— Oui, sergent, êtes-vous un peu mieux, voulez-vous un peu d'eau ?

— Mademoiselle, mais quelle heure est-il, il me semble que cela fait des heures que je vous vois dès que j'ouvre un œil ?

J'ai ri :

— Il est près de trois heures de l'après-midi, sergent, voilà plus de cinq heures que vous êtes revenu de l'opération… Ne souffrez-vous pas trop ?

— Mais, non, mademoiselle, je vous promets. Mais vous-même, vous n'avez pas déjeuné ? Vous êtes restée là tout le temps auprès de moi, je l'ai bien senti. Vous pouvez me laisser maintenant, je vous assure, a-t-il dit, sans pouvoir retenir une grimace de souffrance.

Je lui ai donné un peu d'eau mais il commençait à s'agiter.

— Mademoiselle, je ne veux pas que vous vous passiez de repas à cause de moi, laissez-moi, s'il vous plaît.

Il s'est calmé seulement quand l'infirmière qui devait me remplacer auprès de lui est entrée.

Lundi 10 juin 1918

Je pars après-demain avec une amie de tante Suzanne pour Annemasse. Nous avons encore été bombardés et papa ne veut pas que Jules et moi restions à Paris. Il aurait bien envoyé maman à Houlgate, mais elle a refusé catégoriquement de l'abandonner et de laisser sa cantine de la gare Saint-Lazare. Jules s'en va à la fin de la semaine chez la grand-mère d'un de ses camarades près de Bourges. Nous devons profiter des nombreux trains mis à la disposition des Parisiens. Des camions ont été réquisitionnés pour conduire les enfants des écoles dans des familles d'accueil à la campagne.

Jeudi 13 juin 1918

Nous sommes arrivées hier soir à Annemasse, un peu lasses, mais accueillies avec tant de chaleur par tante Suzanne et les autres dames qui s'occupent des réfugiés que notre fatigue a disparu. J'ai dormi comme une souche ; ce matin j'avais hâte d'aller à la gare où arrivent les familles. Une centaine de personnes faisaient déjà la queue devant de longues tables où les réfugiés sont entendus à tour de rôle. J'ai été frappée par leur calme. Plusieurs infirmières circulaient au milieu d'eux, leur offrant à boire, donnant des morceaux de pain aux enfants… Tante Suzanne m'a montré du doigt dans la queue une mère qui portait dans ses bras un enfant d'environ deux ans.

– Regarde, Geneviève, cette femme-là est à bout de fatigue, j'ai bien peur qu'elle ne perde connaissance si on lui laisse attendre son tour. Va lui proposer de l'aide.

Je me suis précipitée. Lorsque je me suis approchée de la maman, elle a eu un mouvement de recul, comme si j'allais lui faire mal. Les blessés de l'hôpital sont toujours si soulagés de nous voir s'approcher de leurs lits… J'ai balayé la queue du regard : tous, vieillards, femmes, enfants, avaient cette même expression de crainte, ce même air hébété, résigné et effrayé à la fois. Heureusement, l'enfant m'a souri, m'aidant à apprivoiser sa mère. Elle a accepté que je l'emporte pour le changer et lui donner un peu de lait. Lorsque nous sommes revenus tous les deux, son tour arrivait. Un employé l'a interrogée doucement. Elle avait du mal à parler.

Nous avons compris qu'à l'arrivée des troupes ennemies, il y a trois ans, son mari s'était caché dans la grange pour éviter d'être emmené en Allemagne. Quelques jours plus tard, il a essayé de s'enfuir, de nuit, pour rejoindre notre armée, mais il s'est fait prendre par une patrouille et a été exécuté. Elle l'a appris quelques jours plus tard.

Elle était enceinte de quelques mois et a survécu, depuis, avec son fils et son père âgé qui habitait chez eux depuis le décès de sa femme. Deux soldats allemands sont venus habiter là. Elle les a servis, a lavé leur linge, tiré la charrue, planté les pommes de terre, supporté les brimades, les coups, parfois. Elle gardait la plus grande part de nourriture pour son fils et pour son père. Le vieillard est mort, il y a quelques mois. Elle aussi a fini par tomber malade. Elle a dû s'aliter.

Or des malades, les occupants n'en veulent pas. Ils nous l'ont renvoyée comme tous ces autres êtres hagards qui arrivent de Suisse. Elle n'a plus aucun papier, bien sûr, ils les ont déchirés. Son unique espoir? Une tante qui habite près de Langon, en Gironde, dont elle n'a aucune nouvelle depuis cinq ans. Peut-être n'est-elle d'ailleurs plus en vie. C'est déjà une piste. Certains n'ont aucune famille en dehors de la zone occupée.

Dès aujourd'hui, quelqu'un va l'aider à écrire à sa tante une lettre que la poste va acheminer gracieusement. En attendant, on leur donnera un repas chaud, à elle et à son garçon. Un médecin va l'examiner et verra s'il faut la garder dans un hôpital de la région ou si on peut l'envoyer à Langon…

Toute la journée, nous avons couru ainsi de l'un à l'autre, essayant de les rassurer, de les réconforter. La plupart sont brisés par les privations et leur interminable voyage en train, et complètement dépaysés.

Lundi 17 juin 1918
Il a fait une chaleur accablante toute la journée. Demain, départ très tôt pour Thonon-les-Bains, où

je retrouve des réfugiés, que nous allons escorter en train jusqu'à Angers. Là-bas, ils seront hébergés dans un ancien hôpital.

Mardi 18 juin 1918

Comme le lac Léman est beau ! J'ai eu le temps de me promener sur la rive en fin d'après-midi. J'aurais voulu y rester toujours. Le lac est beaucoup plus grand que je ne l'imaginais, avec des vagues, comme à Houlgate à marée basse. Mais au fond, au lieu de l'horizon un peu raide qui m'ennuie parfois à la mer, les montagnes se découpent comme un décor. Elles donnent à l'eau cette couleur profonde. La chaleur était un peu tombée et l'eau apportait de la fraîcheur. Je suis restée quelques minutes à regarder des cygnes noirs. C'était calme. Depuis combien de semaines, depuis combien de mois ne me suis-je pas arrêtée ainsi ? Après la guerre, je reviendrai ici, je le jure.

Samedi 22 juin 1918

Quel voyage ! Nous sommes partis de Thonon avant-hier. J'ai retrouvé parmi mes voyageurs la jeune femme et le petit garçon que j'avais vus à la gare d'Annemasse. La lettre envoyée à la tante en Gironde n'ayant pas eu de réponse, on leur a trouvé une place à Angers. Elle avait l'air si contente de ne pas avoir été séparée de son fils à cause de sa toux !

J'étais responsable d'un wagon. Il y avait quelques vieillards, mais surtout des femmes et des enfants. Dès la première heure de voyage, plusieurs d'entre eux ont été malades, cela sentait terriblement mauvais. Tante Suzanne m'avait prévenue. Après toutes les privations qu'ils ont connues, le simple fait de leur donner une nourriture correcte perturbe leurs intestins qui n'y sont plus habitués. On a beau expliquer aux mères qu'il faut augmenter les rations très progressivement, elles laissent les enfants manger à leur faim, les pauvres. Nous étions trois infirmières et nous nous reposions à tour de rôle dans une petite salle, à côté de la tisanerie, en queue du train. La première nuit, j'ai eu peur, car mon wagon n'était pas éclairé. Je devais me déplacer dans le noir, à tâtons, pour distribuer des couvertures, des langes pour les bébés. Le train s'arrêtait tout le temps, parfois en pleine voie, parfois dans des gares, le long de quais brûlants, déserts la plupart du temps. Chaque fois, l'une de nous trois se postait à l'avant du train pour vérifier que personne ne descendait. Rarement, un chef de gare venait nous saluer et nous rassurer : nous étions sur la bonne route et nous finirions par arriver à Angers ! Enfin, après deux jours et demi de voyage, nous avons entendu le cri que nous attendions tant : « Angers, Angers, terminus. Tous les voyageurs sont invités à descendre. »

Nous avons trouvé facilement l'hôpital auxiliaire transformé en centre d'accueil. Les familles étaient attendues et nous avons été très bien reçus. Un repas léger a été servi, puis chacun a regagné sa chambre. Tout est calme à l'heure où j'écris. J'ai ouvert la fenêtre sur la nuit. Il fait bon. Les deux autres infirmières sont allées prendre une tisane dans le jardin, mais j'avais besoin d'être un peu seule. Dès demain, nous repartons pour Annemasse réceptionner d'autres réfugiés.

Vendredi 2 août 1918

Me voici à Houlgate, au chalet, pour quelques jours de repos. Maman m'y a précédée de peu. Tout s'est décidé très vite. Depuis un mois, je vis dans les trains. J'ai escorté des familles jusqu'à Châteauroux, Grenoble, Angoulême, Montluçon… La semaine dernière, tante Suzanne a appris qu'une villa d'Houlgate devait accueillir des réfugiés d'un village situé près de Nancy. Elle m'a aussitôt proposé de les accompagner.

— Tu me feras le plaisir de rester là-bas jusqu'à la fin du mois ! a-t-elle ajouté avec son ton qui n'autorise pas de réplique. Tu as une mine détestable, je t'ai tirée des bombardements, ce n'est pas pour t'achever à la tâche ! Du reste, je viens de poster une lettre pour ta mère, lui ordonnant de se débrouiller pour te retrouver au chalet. Tu ne vas quand même pas t'y installer toute seule, et, à mon avis, elle est aussi esquintée que toi, cela lui fera le plus grand bien.

Personne ne résiste à tante Suzanne. Maman a répondu dès le lendemain. Trois jours après, elle était ici. Quarante-huit heures plus tard, j'arrivais !

Nous avons fait une promenade à l'ombre du bois de Boulogne, aujourd'hui, c'était délicieux. C'est la première fois que nous sommes seules ainsi, je crois.

Les nouvelles sont meilleures. La Grosse Bertha s'est tue. Grâce aux troupes du général Pershing venues en renfort, nous regagnons du terrain. On parle d'offensive générale dans les prochains jours. Maman ignore où est André.

Jeudi 8 août 1918

Ce matin, j'ai emmené trois petits réfugiés lorrains à la plage. Ils n'avaient jamais vu la mer, évidemment. Quelle joie de les voir sauter à pieds joints dans l'eau, crier… D'après eux, nous avons construit un château de sable aussi beau que celui de Lunéville !

Mardi 13 août 1918

Pneumatique de papa tout à l'heure :

André gazé près de Saint-Quentin. Pas pu mettre son masque à temps. Rapatrié à Chartres. J'ignore son état.

Nous rentrons.

Mercredi 21 août 1918

Mes parents sont partis chercher André à Chartres en ambulance. Il ne vomit plus. Ses poumons pourront peut-être se régénérer...

Dimanche 1ᵉʳ septembre 1918

J'ai repris mon travail à l'hôpital avec d'autant plus de plaisir qu'André ne retournera plus au front. Plus de courrier à attendre, plus d'angoisse... Il tousse, mais il est chez nous.

Aujourd'hui, il a fait un temps magnifique. André m'a proposé de sortir jusqu'au parc Monceau. C'est la première fois depuis son retour. Il a dû s'arrêter à chaque banc pour s'asseoir.

– Tu te souviens de ma première permission ? m'a-t-il demandé. Je m'en suis voulu longtemps de t'avoir parlé avec violence. Tu n'avais que quatorze ans...

Je l'ai grondé :

– En soignant mes blessés, j'ai souvent pensé à ce que tu m'avais dit, tu m'as aidée à comprendre...

Samedi 14 septembre 1918

Depuis qu'André est à la maison, Blanche a toujours une bonne raison de venir me rendre visite !

Mercredi 9 octobre 1918

Les Allemands et les Austro-Hongrois reculent partout. On dit qu'ils pourraient demander la paix.

André tousse de plus en plus. Sa chambre touche la mienne. Je l'entends, la nuit, de l'autre côté de la cloison.

Lundi 21 octobre 1918

Mon frère part demain à Aix-les-Bains, en Savoie. Le médecin ne veut pas qu'il passe l'hiver à Paris. Maintenant, on perçoit un sifflement quand il respire.

Papa dit que la guerre est presque finie. J'aimerais tant pouvoir le croire.

Vendredi 8 novembre 1918

L'état-major français a dicté ce matin les conditions d'armistice aux Allemands.

Lundi 11 novembre 1918

Les cloches de Paris se sont envolées.
Les habitants se sont embrassés.
La guerre est terminée.
Aujourd'hui, j'ai dix-huit ans.

Épilogue
Le 28 juin 1919

Un traité de paix a été signé dans la galerie des Glaces du château de Versailles entre l'Allemagne et les Alliés.

Geneviève est toujours infirmière, sa mère et elle consacrent beaucoup de temps à aider les populations des régions du Nord qui ont retrouvé leurs villages détruits.

Eugène Darfeuil continue à opérer les gueules cassées.

Jules travaille ses mathématiques pour devenir ingénieur en aéronautique.

Grâce à Mme Fleuriot, Maurice Lemaire a appris un nouveau métier. Il travaille à la manufacture de Sèvres. Il tourne les assiettes sous ses doigts et imagine les décors qu'un autre peindra après lui… Sa mère, retrouvée, est venue vivre à ses côtés.

Blanche prépare son baccalauréat.

Rose et son mari attendent un enfant.

Germaine s'est réinstallée à la ferme, à Auberville, seule.

André est mort, au printemps, épuisé par le manque d'oxygène.

Pour aller
_____
Plus loin

La jeune fille et la guerre

Pas encore quatorze ans au début du conflit, dix-huit, le jour de l'armistice : née avec le siècle, Geneviève Darfeuil aura connu une adolescence tout entière meurtrie par la guerre. Que de morts et de blessés dans son entourage familial comme dans ses relations sociales. Toute une génération devra apprendre à vivre ainsi avec les stigmates de ces années tragiques.

Issue d'une famille bourgeoise, la jeune fille aurait vécu une existence relativement dorée, n'était ce conflit qui envoie ses frères sous les drapeaux tandis que son père, chirurgien, consacre ses forces à opérer les blessés. Son journal donne à voir la guerre sous tous ses aspects : il évoque les événements du front grâce aux nouvelles délivrées – de façon souvent tronquée – par les journaux, grâce aussi au courrier qui faisait lui-même l'objet d'une surveillance tatillonne ; il rend compte de la vie quotidienne « à l'arrière », du rationnement, du rôle des femmes dans l'économie (elles font la moisson, deviennent receveuses – voire conductrices – de tramways, travaillent dans les usines d'armement comme « munitionnettes »). La mère de Geneviève se trouve elle-même accaparée par ses œuvres qui relèvent de la Croix-Rouge française.

Certes, rien ne saurait se comparer à l'horreur des tranchées, mais la vie « à l'arrière » connaît son lot de souffrances : les bombardements allemands depuis les zeppelins et les aéroplanes (les Taube puis les Gotha), le feu de l'artillerie ennemie, sèment la terreur à Paris et on évoquera longtemps la « Grosse Bertha » quoique celle-ci ne fût pour rien dans les destructions de 1918. Geneviève ignore, en effet, que le canon terrorisant Paris s'appelle le « Lang Max »… quelle que soit sa volonté de s'informer et de participer à l'effort de guerre.

Il n'est certes pas anodin de voir une jeune fille devenir ainsi infirmière : la mobilisation spontanée des enfants et des adolescents relève de ces surprises engendrées par le premier conflit mondial, spécifiquement en un pays qui, quelques décennies auparavant, avait vécu la traumatique défaite de 1870 et la perte de l'Alsace et de la Moselle, et n'entendait pas vivre à nouveau pareille humiliation. Geneviève suit l'exemple de ses parents, en épaulant l'engagement de sa mère, comme en choisissant une profession médicale, à l'instar de son père. D'autres jeunes poussent plus loin encore le sacrifice. On a parlé de « fugue héroïque » pour désigner ces enfants quittant leur foyer afin de rejoindre le front. Voici Corentin-Jean Carré, un jeune Breton qui se retrouve sous les drapeaux à l'âge de quinze ans, après avoir falsifié son état-civil ; il est abattu lors d'un combat aérien en 1918. Dans une lettre à son instituteur, il a résumé ses motivations : « Je ne pourrai pas vivre sous le joug de l'ennemi, c'est pourquoi je suis soldat. Eh bien !

ce sentiment de l'honneur, c'est à l'école que je l'ai appris, et c'est vous, mon cher maître, un de ceux qui me l'ont enseigné ! Je souhaite que tous les petits écoliers comprennent les leçons qui leur sont données de la même manière que je les ai comprises. La vie en elle-même n'est rien, si elle n'est bien remplie. » La propagande amplifie ces engagements, quitte à inventer quelques héros propres à fortifier encore le sentiment patriotique.

Se repérer dans la guerre

Les Allemands ont lancé l'offensive à l'été 1914, exécutant le plan Schlieffen qui – moyennant violation de la neutralité belge – entend déborder et prendre à revers les troupes françaises le plus vite possible, avant de reporter l'effort à l'est, contre la Russie. Dès le début septembre, Paris est menacé. Seule la contre-offensive de Joffre sur la Marne sauve la capitale. Cette bataille attache son nom dans les mémoires à un épisode certes secondaire mais emblématique d'une nouvelle ère : le transport vers le front de milliers d'hommes par les taxis Renault. Les deux camps cherchent alors à doubler l'ennemi dans une course à la mer qui étire le front sur des centaines de kilomètres sans que les belligérants puissent contourner leur adversaire. Commence une longue guerre d'usure symbolisée par les tranchées. Mais les états-majors refusent de renoncer à leur culture de l'offensive, d'où les vaines offensives de 1915, coûteuses en hommes : la « percée » ne réussit ni en Champagne ni en Artois. Le 21 février 1916, les Allemands lancent la bataille de Verdun. En portant l'attaque sur ce saillant décisif du front français, ils veulent obliger l'armée française à s'y fixer. Le long face-à-face tourne à l'une des plus grandes boucheries de l'histoire militaire. Organisée par Pétain (« Ils ne passeront pas Verdun »), la défense s'organise. Sur la « voie sacrée » qui relie le front à l'arrière, c'est une noria de camions militaires qui conduit les nouvelles recrues, apporte le ravitaillement ou ramène les blessés : deux tiers des divisions françaises combattront tour à tour à Verdun qui s'impose ainsi, au moins du côté français, comme la bataille de cette guerre. À quel prix ! Un déluge d'obus ensevelit les hommes, raye des villages de la carte. Une chanson devient tristement célèbre, remaniée selon les événements et les lieux de la tragédie : « *Adieu la vie, adieu l'amour, adieu les femmes,* / *C'est pas fini, c'est pour toujours de cette guerre infâme.* / *C'est à Verdun, Douaumont ou Vaux* / *Qu'on va laisser sa peau* / *Car nous sommes tous des condamnés* / *C'est nous les sacrifiés.* »

Envers et contre tout, l'état-major veut croire encore à la percée. En avril 1917, le général Nivelle lance l'offensive au Chemin des Dames. Une nouvelle hécatombe pour une avancée de quelques centaines de mètres, qui ne le convainc pas de renoncer à sa stratégie des « grignotages »... L'incompétence du commandement finit par susciter des mutineries que Pétain, nommé en remplacement de Nivelle, réprime avec mesure, tout en s'efforçant d'améliorer le sort des « poilus ». « J'attends les chars et les Américains » déclare-t-il, conscient que seuls de nouveaux rapports de force peuvent faire bouger les lignes. Les États-Unis sont entrés en guerre début avril, et leurs troupes, dans quelques mois, parviendront en France. Heureusement, car la révolution de mars 1917 (février dans le calendrier julien) rend incertaine la participation de l'allié russe au conflit. De fait, la prise du pouvoir par les bolcheviques en novembre (octobre dans le calendrier julien) est suivie presqu'aussitôt de la défection du pays (armistice de Brest-Litovsk en décembre). L'effort de guerre allemand peut se concentrer sur le front ouest : les troupes du général Ludendorff lancent l'offensive sur la Somme en mars-avril 1918, et à nouveau sur le Chemin des Dames à la fin mai. Jamais depuis 1914 la situation n'a été aussi critique.

La contre-offensive a lieu en juillet, dirigée par Foch, désormais commandant en chef de toutes les troupes alliées. L'équilibre des forces (hommes et matériel) tourne à l'avantage de ces dernières, et en novembre, l'Allemagne demande l'armistice. Il est signé le 11 novembre 1918 dans la forêt de Compiègne. Quelques mois plus tard, le 28 juin 1919, le traité de Versailles, signé dans la galerie des Glaces, restitue l'Alsace et la Moselle à la France tout en déclarant l'Allemagne unique responsable d'un conflit qui aura fait des millions de victimes, dont 1 380 000 pour la seule France. Chacun veut croire qu'il s'agit de la « Der des ders »...

Quelques dates pour mémoire

28 juin 1914 : attentat de Sarajevo. François-Ferdinand, héritier d'Autriche-Hongrie, est assassiné.

31 juillet 1914 : assassinat de Jean Jaurès qui s'efforçait de sauver la paix.

août 1914 : mobilisation générale, entrée dans la guerre. L'offensive française en Lorraine et Alsace, prévue par le plan XVII, tourne court. Les armées allemandes entrent en France par le nord et entament leur mouvement tournant dans le cadre du plan Schlieffen.

septembre 1914 : bataille de la Marne, retraite allemande.

mi-septembre-mi-novembre : course à la mer.

1915 : vaines offensives en Champagne et en Artois.

21 février-décembre 1916 : bataille de Verdun.

mars 1917 : révolution russe, dite de « février ».

avril 1917 : entrée en guerre des États-Unis. Offensive de Nivelle. Mutineries dans l'armée.

mai-juin 1917 : les grèves, qui se répètent depuis le début de l'année, se multiplient ; elles témoignent du désarroi de plus en plus grand à l'arrière.

novembre 1917 : Clemenceau devient président du Conseil ; il entend mener une « guerre intégrale ».

novembre-décembre 1917 : prise de pouvoir en Russie par les bolcheviques ; armistice de Brest-Litovsk.

printemps 1918 : offensives allemandes sur la Somme, sur le Chemin des Dames, sur Compiègne.

Foch est nommé « commandant en chef des armées alliées en France ». Le 8 août, il devient maréchal.

juillet 1918 : seconde bataille de la Marne. Début de la contre-offensive alliée qui, début septembre, se métamorphose en offensive générale.

novembre 1918 : les Allemands prennent connaissance des conditions d'armistice. Ce dernier est signé le 11 au matin.

Des livres et des lieux

À *LIRE*

Journal d'Adèle, par Paule du Bouchet, Folio Junior, Gallimard Jeunesse

Cheval de guerre, par Michael Morpurgo, Gallimard Jeunesse

Il s'appelait le soldat inconnu, par Arthur Ténor, Folio Junior, Gallimard Jeunesse

Au temps de la Grande Guerre, par René Ponthus, Des enfants dans l'Histoire, Casterman

La Première Guerre mondiale, par Jean-Pierre Verney, Voir l'Histoire, Fleurus (avec un DVD d'images d'archives)

Lulu et la Grande Guerre, par Fabian Grégoire, Archimède, l'école des loisirs

À *VOIR*

Une vie de femme pendant la Grande Guerre, de Cédric Condom, écrit par Emmanuel Migeot, Cinéma des Armées

À *VISITER*

Les salles sur la Grande Guerre, au musée de l'Armée, aux Invalides, à Paris

L'Historial de la Grande Guerre, à Péronne

Le musée de la Grande Guerre du Pays de Meaux, à Meaux

Le musée du Service de santé des armées, Val de Grâce, à Paris

À propos de l'auteur

Sophie Humann est journaliste et auteur jeunesse.
Elle aime chercher… et trouver des informations
sur un thème, une époque qui serviront de décor à
ses histoires. Émue depuis longtemps par les listes de
noms inscrits sur les monuments aux morts de nos villages, elle a lu des livres sur la guerre de 1914-1918, et
pensé aussi à ces femmes qui ont traversé le xxe siècle,
perdant leurs pères, leurs frères, leurs maris, leurs fils
d'une guerre à l'autre. Ce journal leur est un peu
dédié.

Elle a hésité à l'écrire. Et puis, au fort d'Ivry, l'Établissement de Communication et de Production audiovisuelle de la Défense a mis à sa disposition ses films
et ses photos. À la bibliothèque de l'Heure joyeuse,
la responsable du fonds historique lui a prêté les livres
de Stéphane Audoin-Rouzeau et Manon Pignon sur
la vie des enfants pendant la Grande Guerre. À la
Croix-Rouge, Virginie Alauzet, la directrice du patrimoine historique, lui a communiqué ses archives…

Partout, des portes ouvertes, des encouragements…
Peu à peu, l'histoire de Geneviève s'est imposée,
simplement.

Retrouvez Sophie Humann sur son blog : www.sophie-humann.wordpress.com

Mise en pages : Nord Compo

Loi n° 49-956 du 16 juillet 1949
sur les publications destinées à la jeunesse
ISBN 978-2-07-507742-2
Numéro d'édition : 343478
Premier dépôt légal dans la même collection : février 2017
Dépôt légal: août 2018

Imprimé en Espagne par Novoprint (Barcelone)